Contents

마을 산책에는 이 지역 출신 그룹인 안즈, 세노 씨, 포르네 씨에 베틀 씨와 니프 씨가 인솔해주기로 했다. 원장 선생님은 곰 빌딩에 남을 생각이었다고 하는데 안즈와 아이들의 권유로 마을 산책을 하게 되었다.

외출하는 아이들을 3층의 내 방에서 손을 흔들며 배웅한다.

이것으로 곰 빌딩에 남은 건 나와 피나, 슈리 세 사람 뿐이다.

“정말로 두 사람은 가지 않아도 괜찮아? 슈리는 배를 타고 싶었던 거 아니야?”

데거 씨를 만나러 가겠단 이야기를 피나에게 했더니 피나와 슈리도 따라오겠다고 했다.

“저는 유나 언니랑 같이 갈 거예요.”

“응, 배를 타고 싶었지만, 데거 아저씨도 만나고 싶어.”

그런 이유로 나는 피나와 슈리를 데리고 데거 씨의 여관으로 향했다.

곰 빌딩에서부터 느긋하게 산책을 하며 걸어갔다. 오늘도 쾌청하다. 바다도 온화해서 배를 타기에 좋은 날일지도 모른다.

마을 안으로 들어서자 마을 사람들이 쳐다봤지만 왕도와 다른 시선이다. 왕도의 경우엔 「뭐지?」라는 흥미진진한 시선이라면 미릴러 마을에서는 감사의 느낌이다.

하지만 가까이 다가오는 일은 없다.

아무래도 나에게 민폐를 끼치지 않기로 마을 사람들끼리 약속한 모양이다.

과한 것 같기도 하지만 둘러싸이지 않는 건 좋았다.

그리고 아무 일 없이 숙소에 도착하자 **근육**이 인사했다.

"어서오세요. 응? 곰 아가씨잖아."

"데거 씨, 오랜만이에요."

내가 인사를 하자 피나와 슈리도 고개를 숙여 인사한다.

"그래, 아가씨 쪽도 잘 지내는 거 같네. 어제 안즈가 갑자기 돌아와서 놀랐다고."

"편지 안 보냈어요?"

"보내긴 했는데 돌아올 거라고는 적혀 있지 않았거든. 그런 말을 쓰면 걱정을 끼칠 거라 생각했겠지. 안즈도 이렇게 빨리 마을로 돌아올 줄은 몰랐던 모양이고."

그러고 보니 그런 말을 했던가.

"아가씨가 미릴러에 왔다는 걸 알았을 때는 만나러 갈까 생각도 했는데, 바빠서 원……."

"역시 손님이 많나요?"

"그래, 그 터널 덕분에 사람들의 왕래가 늘었어. 그래서 매일 많은 손님이 머물고 있지."

"혹시, 안즈가 필요한 거예요?"

돌아오면 좋겠다고 하면 곤란하다.

하지만 데거 씨와 안즈의 마음을 우선하고 싶다.

"어제, 이 이야기를 들은 안즈가 돌아오는 게 좋겠냐고 묻더라고."

"그랬어요?! 어제도 오늘도 그런 말은 없었는데……."

안즈는 어제도 오늘도 마주쳤다. 그런데 그런 낌새는 없었다.

"안즈 언니, 떠나는 거야?"

안즈가 돌아가고 싶다면 억지로 말릴 수는 없다.

데거 씨는 슬퍼하는 슈리의 머리 위로 커다란 손을 올린다.

"확실하게 거절했으니 안심하렴. 아가씨가 그 녀석에게 가게를 맡겼잖아. 그렇게 간단하게 관두고 돌아오겠다는 말은 하지 말라고 해뒀어. 게다가 티루미나 씨라는 여성분께 안즈가 즐겁게 일하고 있다고 들었어. 그리고 안즈 본인의 얼굴을 보면 지금 생활이 즐겁다는 건 알 수 있지. 만약 고생해서 괴로워했다면 돌아오라고 했겠지만 말이야."

"그때는 착실하게 1인분을 할 때까지 돌아오지 말라고 해야 하는 거 아니에요?"

"애지중지하는 딸에게 그런 말을 할 수 있겠냐! 아들이라면 엉덩이를 차서 쫓아 돌려보낼 테지만."

아무래도 어느 세계든 아버지는 딸에게 약한 모양이다.

"그래도 내가 이런 말을 했다는 건 말하지 마. 부끄러우니까."

근육 아빠가 부끄러워해도 사랑스럽게 보이지 않으니까 그런 얼굴은 하지 말아요.

"뭐, 안즈는 확실히 잘 지내고 있는 것 같아서 안심이 돼."

이야기는 티루미나 씨만이 아니라 여관에 머무는 손님들을 통해서도 크리모니아에서의 안즈의 소문이 들려온다고 했다. 『곰 씨 식당』은 나름대로 유명하다고 한다. 게다가 미릴러에서 크리모니아로 가는 사람들에게도 이야기를 듣고 있다고 했다.

아무래도 안즈에 관련된 정보는 데거 씨에게 죄다 전달되는 모양이다.

뭐, 여관이기도 하고 딱히 입단속을 시키는 것도 아니라 정보를 모으려고 마음먹으면 어렵지 않겠지.

하지만 그렇다는 건, 데거 씨의 정보도 안즈에게 전달되고 있는 거 아닌가?

뭐, 서로에게 정보가 전달되는 건 좋은 일이다. 걱정할 일도 사라질 테고…….

그런 뒤 크리모니아에서의 안즈 이야기를 나눈 우리는 여관을 뒤로했다.

"다음은 아트라 씨가 있는 곳으로 가나요?"

"저번에 얼굴을 비추지 않았더니 화냈거든."

애초에 얼굴을 비추지 않았다고 화내는 이유를 모르겠다.

딱히 용건이 없으면 만나지 않아도 되는 거 아닌가 싶은데, 내가 외톨이 생활이 길어서 그런 걸지도 모른다.

보통은 근처에 올 일이 있으면 인사 정도는 하나?

그런 이유로 아트라 씨를 만나기 위해 모험가 길드로 찾아갔다.

내가 모험가 길드 안으로 들어서자 오랜만에 호기심 어린 시선이 모여들었다.

“어째서, 곰이 이곳에?”

“너, 몰라? 곰 아가씨는 가게의 종업원들이랑 여행하러 온 거야.”

모험가 중 한 명이 자신만만하게 말했다.

“너는 어떻게 그런 걸 알고 있는 거야.”

맞아, 왜 알고 있는 거야.

“가게의 휴일 공고를 봤거든. 나는 그 빵집이랑 식당의 단골이라고.”

휴점을 알고 있다는 건 최근에 크리모니아에서 미릴러 마을로 왔다는 뜻인가?

그만큼 간단하게 미릴러 마을과 왕래를 할 수 있게 되었다는 뜻이다.

내가 접수대에서 아트라 씨에 관해 물으려고 했을 때 길드 내부에 있던 남자 길드 직원이 나를 알아보고 다가왔다.

저기, 분명, 이 사람은…….

“유나 씨, 오랜만이에요.”

이름, 이름, 나는 머리를 완전히 가동한다.

아트라 씨 옆에 있던 숙소에도 와줬던 길드 직원.

“세, 세이 씨, 오랜만이네요.”

위험해, 위험해. 순간적으로 이름이 떠오르지 않았다.

세이 씨는 그걸 알아차리지 못했는지, 알아차리지 못한 척을 하는 건지 웃는 얼굴로 대응했다.

"아트라 씨는 있어요? 미릴러에 와서 인사나 하려고 온 건데."

"네, 계세요. 안쪽 방으로 가시죠."

세이 씨의 안내로 아트라 씨가 있는 구석 방으로 향했다.

지나쳐가는 다른 길드 직원으로부터는 가벼운 인사를 받는다. 그러니까 그런 건 필요 없다니까. 나는 피나와 슈리를 데리고 서둘러 방 안으로 들어갔다.

"뭐야? 일이라면 오후로 돌려줘."

아트라 씨는 서류에 눈을 고정한 채로 우리를 향해 말했다.

"길드 마스터, 일이 아니에요. 유나 씨가 와주셨습니다."

"유나가?"

세이 씨가 대답하니 책상 쪽만 바라보며 서류 작업을 하던 아트라 씨가 고개를 들었다.

"유나! 게다가 피나랑 슈리도!"

"아트라 씨, 오랜만이에요."

내가 인사를 하자 피나와 슈리도 인사했다.

아트라 씨는 여전히 노출이 많은 옷차림을 하고 있었다. 자신의 몸매에 자신이 있으니 가능한 거겠지. 도무지 나로서는 할 수 없는 차림이다.

"미릴러에 왔었어?"

아무래도 아트라 씨는 데거 씨와 달리 내가 왔다는 걸 몰랐던 모양이다.

세이 씨는 「차를 준비해 올 테니 천천히 있다 가세요」라고 말한 뒤 방에서 나갔다.

"이틀 전에요. 저번에 인사하러 오지 않았다고 뭐라 하셔서 온 거예요."

"딱히 뭐라 한 건 아니었어. 그렇게 보살펴 줬는데 얼굴을 보여 주지 않은 유나가 나쁜 거지."

그러니까 이번엔 이렇게 얼굴을 비췄다.

"그래서, 무슨 일이야? 또 두 사람을 데리고 놀러 온 거야?"

나는 온 이유를 간단하게 설명했다.

"아이들을 데리고 사원 여행이라. 유나는 이상한 일을 하는구나."

역시 이상한 건가?

뭐, 다른 사람에게 이상하다고 여겨져도 상관없다. 내가 하고 싶을 뿐이다. 다른 사람에게 민폐를 끼치는 것도 아니다. 그렇게 생각한 순간, 티루미나 씨의 얼굴이 머리에 떠올랐다. 나는 고개를 좌우로 흔들며 티루미나 씨를 머리 속에서 쫓아냈다.

티루미나 씨도 이번 여행을 즐기고 있을 테니까 문제 없을 거다.

오늘도 아이들과 함께 배를 타러 갔다. 티루미나 씨가 말하길, 해산물을 어떻게 잡는지 묻기 위해서라고 했다. 분명 즐기고 있는 거야.

"그러고 보니, 어제 티루미나 씨와 겐츠 씨라는 사람이 오지 않았나요?"

모험가 길드에도 갔다고 들었는데…….

"티루미나, 겐츠? 아아, 왔었어. 크리모니아 모험가 길드의 일이라고 하던데."

"참고로 이 두 사람의 부모님이에요."

"그랬구나. 알았다면 유나의 이야기도 물어볼 수 있었는데 아쉽네."

"그건 그렇고 바빠 보이네요?"

나는 책상 위에 올려진 서류를 봤다.

"뭐, 마을 경비의 일도 모험가 길드로 오기 때문에 조금 바빠."

"경비대는 없어요?"

"일단 소규모의 경비대는 있지만, 마을에 오는 사람이 늘어나서 지금은 많이 부족하지. 그러니까 모험가 길드에서 마을의 경비 의뢰를 맡고 있어."

"딱히 그 정도라면……."

"경비대 관리의 일도 내가 하고 있어."

"그래요?"

"모험가를 관리하는 내가 경비의 관리를 이어받으면 여러 가지로 시간이 절약되거든. 게다가 경비대는 처리할 수 없는 안건을 모험가에게 부탁하거나 마을 주위의 마물 정보를 전달하는 것도 빨라져서 장점도 커. 다만, 단점은 내가 바빠진다는 것뿐이지만 말이야."

아트라 씨는 웃으면서 말했고 싫어하는 것처럼은 보이지 않는다.

"게다가 지금은 여기저기 일손이 부족해서 할 수 있는 범위에서 도와주지 않으면 안 돼."

사람은 늘어났지만 그만큼 일도 늘어난 모양이다.

"그러고 보니 아트라 씨에게 물어보려고 했었는데. 어째서 우리 집 주변의 땅은 개간하지 않은 거예요?"

내 집 주변엔 나무들이 벌채되지 않고 남겨져 있다. 좁은 길의 좌우는 숲으로 둘러싸여 있고, 길은 돌이 깔려있으며, 나아가면 곰 빌딩이 있다. 지금 상황을 표현하자면 곰 빌딩은 절이나, 신사처럼 되어 있었다.

"아아, 그거 말이구나."

아트라 씨는 나에게서 시선을 천천히 피했다.

"거기는 그대로 두기로 이야기가 됐어."

"왜요?"

"그야, 그런(곰) 게 세워져 있으면 근처에 건물 같은 걸 세울 수 없잖아. 아무도 내켜 하지 않을 거고, 지을 수 있게끔 허가를 낼 수 없는 분위기가 조성되어서 그대로 두게 됐어."

즉, 곰 빌딩의 잘못이라는 말인가.

"게다가 주위에 나무들이 있으면 눈에 띄지 않잖아."

확실히 바로는 발견할 수 없다. 하지만 반대로 그 부분만 숲이 있어서 눈에 띈다. 그리고 그 예쁘게 포장된 길. 그 길을 지나면 싫어도 곰 얼굴이 보인다.

벽을 높게 쌓으면 안 보일까?

"유나가 정말 싫다면 마을 주민들에게는 유나가 말해."

이 사람, 귀찮다고 떠넘겼어.

나도 귀찮다. 주민을 설득하면서까지 집 주위를 정돈해달라고 할 생각은 없다.

"다들 유나에게는 고마워하고 있으니까 싫어하는 일은 절대로 하지 말자는 분위기야. 정말 싫어서 일부러 남겨둔 게 아니니까 그 부분은 알아줘."

그건 어제 어부들을 보면 알 수 있다. 나에게 보답을 하고 싶은 마음과 민폐가 되지 않도록 하는 행동이 보였다.

크라켄 토벌과 터널의 일은 정말로 마음 쓰지 않아도 되는데…….

크라켄 토벌은 쌀과 간장, 된장을 위해서 터널은 해산물의 유통 루트의 확보와 안즈를 불러들이기 위해서 했던 것뿐이다. 그러니 그렇게까지 신경 쓸 일은 아니다.

하지만 이제 와서 사실을 말할 수는 없으니 현 상황을 받아들일 수밖에 없어졌다.

380 곰 씨, 인사하러 다니다 2 (3일 차)

모험가 길드를 뒤로 한 우리는, 쌀과 해산물을 정기적으로 배달해주는 것에 대한 감사 인사를 하기 위해 젤레모 씨를 만나러 상업 길드로 향했다.

내가 상업 길드 안으로 들어서자 모험가 길드처럼 시선이 모였다.

「곰?」, 「곰 아가씨?」, 「곰 아가씨가 왔네」, 「바다에서 헤엄치고 있다던데」, 「저 옷차림으로?」, 「저 차림으로 바다에 있었대」, 「안 더운가?」, 「과연 곰 아가씨야」.

뭐가 과연이라는 건지 모르겠지만 내가 바다에 있었다는 걸 알고 있는 모양이다.

그건 그렇고 상업 길드 안은 생각보다 사람이 많고 활기를 띠었다.

나는 젤레모 씨에 관해 묻기 위해서 길드 직원이 있는 접수대로 향했는데 낯익은 여자가 다가왔다.

"소란스럽다 했더니, 유나 씨가 왔었네요."

나타난 건 젤레모 씨에게 길드 마스터 일을 교육하기 위해 크리모니아에서 파견된 아나벨 씨였다.

아직 미릴러 마을에 있었구나.

"아나벨 씨, 오랜만이에요."

"이야기는 들었어요. 유나 씨 가게에서 일하는 아이들을 데리고 미릴러로 놀러 왔다면서요? 아이들에게 일을 주기만 하는 게 아니라, 일하는 사람도 생각하는 유나 씨는 참 상냥하세요. 다른 상인들도 보고 배웠으면 좋겠어요."

아나벨 씨가 흘깃 주위를 보자 상인으로 보이는 사람들은 시선을 피한다.

"열심히 일해주는 보답이죠. 게다가 효율 좋게 일을 하려면 휴식도 필요하니까요."

그리고 매일 똑같은 일과가 반복된다면 재미 없다. 인생에는 여러 이벤트가 필요하다. 그러니 해마다 몇 번은 기분 전환을 시켜주고 싶다.

"후후, 보통은 가게의 이익을 생각해서 못하는걸요."

뭐, 이익은 적자만 나지 않는다면 괜찮다. 하지만 티루미나 씨가 말하길, 모두의 덕분에 매출은 순조롭게 오르고 있다고 한다.

그러니 조금 쉬어도 아무런 문제는 없다. 이것으로 기분을 전환하고 일을 열심히 해준다면 괜찮다.

"그런데, 아나벨 씨, 아직 여기에 계셨네요."

"네, 크리모니아로 돌아가려고 했는데 밀레느 씨에게 여기 상업길드에서 일하게 해달라고 부탁했어요."

"어, 그렇지만 결혼해서 어린아이도 있다고 하지 않았어요?"

"맞아요, 그래서 남편이랑 아이도 이쪽으로 불렀죠."

아나벨 씨는 흘끗 직원이 있는 방향을 본다. 그러자 구석에 있는 훌쭉한 남자 직원이 고개를 숙였다.

"설마, 남편분이세요?"

착해 보이는 남자다. 그렇지만 아나벨 씨가 잡고 살 것 같다. 긴 시간 떨어져 있는 것보다는 같이 지내는 편이 낫다. 아이를 위해서도 그렇다.

"남편분도 상업 길드에서 일하시는구나."

"네, 상업 길드에서 알게 된 후에 서로 첫눈에 반해버려서…… 가 아니라 유나 씨, 무슨 말을 하게 만드는 거예요!"

아니, 거기까지 묻지 않았어요. 멋대로 얘기한 건 아나벨 씨잖아요. 남의 연애사 같은 건 나도 듣고 싶지 않거든요.

하지만 함께 미릴러까지 와주는 남편은 사람이 좋아 보인다.

"뭐, 이쪽에 남으려 했던 건, 길드 직원에게 부탁을 받아서 그런 것도 있지만 말이죠."

아나벨 씨는 길드 직원들을 보고 한숨을 내쉬었다.

"아나벨 씨가 떠나면 우리는 젤레모 씨를 제어할 수 없는걸요."

"아나벨 씨가 계셔주지 않으면 곤란해요."

아무래도 아나벨 씨는 미릴러 길드에 꼭 필요한 존재인 모양이다.

"그런 이유 때문에 남기로 했던 거예요."

"젤레모 씨는 길드 마스터로서 별로인가요?"

"그렇지는 않아요. 길드 마스터로서의 소질은 있죠. 단지, 농땡이 치려는 버릇이 있는 게 문제지만요. 조금만 눈을 떼면 방에서 빠져나가려고 해요. 그래도 마을 사람들이 잘 따라주죠. 발도 넓고, 젤레모 씨가 부탁하면 대부분은 승낙해주거든요. 농땡이 치려는 버릇만 없다면 우수한 길드 마스터가 될 거예요."

그런 부분을 쿠로 할아버지도 말했었던가.

인망이 있다는 건, 위에 서야 하는 사람에게 필요한 자질일지도 모른다.

"그 젤레모 씨는 계세요? 일단 인사하러 왔거든요."

"안쪽 방에서 일하고 있을 테니, 안내할게요."

아나벨 씨는 그렇게 말하고 젤레모 씨가 있는 방으로 안내해줬다. 하지만 방 안에는 젤레모 씨의 모습이 보이지 않았고, 보이는 것은 책상 위에 있는 산더미의 서류들과 열린 창문이었다.

"이 사람이……."

머리를 감싸는 아나벨 씨.

이런, 이건 일을 내팽개치고 도망쳤다는 건가.

"하아, 유나 씨 일행은 의자에 앉아서 기다려주세요. 지금 마실 거리를 준비해올게요."

"찾으러 가지 않아도 돼요?"

"금방 돌아올 거예요."

그렇게 말하더니 아나벨 씨는 방에서 나갔다.

"유나 언니, 기다릴 거예요?"

"어떻게 할까?"

아나벨 씨는 금방 돌아올 거라고 했지만 쿠로 할아버지를 만난 후에 돌아오는 것도 방법이다. 어쩌면 좋을지 고민하고 있는데 슈리가 놀랐다.

"언니! 유나 언니! 창문에 이상한 사람이 있어."

"창문?"

창문을 보자 젤레모 씨가 들어오는 참이었다.

우리의 시선과 젤레모 씨의 시선이 마주쳤다.

"어째서 곰 아가씨가 이곳에?"

"젤레모 씨에게 인사를 하러 왔어요. 그랬는데 안 계셔서……."

"그건 미안하군. 잠시 기분 전환하려고 바깥을 걸었거든."

젤레모 씨는 창을 넘어 방으로 들어왔다.

"아나벨 씨, 화나셨어요."

"정말이니? 이 시간이라면 자기 일 때문에 방에 오지 않을 텐데."

아무래도 거기까지 계산을 하고 빠져나갔던 모양이다.

"아마 제 탓이겠네요. 저를 안내해주려고 방에 들어왔거든요. 죄송해요."

"아니, 아가씨 때문이 아니니까, 신경 쓰지 마. 그렇지. ……화장실에 다녀왔다고 할 테니까 괜찮을 거야."

"어머나, 창문을 통해 화장실에 다녀왔던 거예요?"

방 입구에는 마실 것을 가져온 아나벨 씨가 서 있었다. 젤레모 씨는 곤혹스러운 표정을 짓는다.

"그게 말이지. 화장실이, 이쪽이 가까워서……."

"화장실은 문을 나가서 바로 앞인데요?"

아나벨 씨는 무표정으로 대답하더니 우리 앞에 음료를 놓았다.

"그, 긴급 사태라서."

"즉, 바깥에서 해결했다는 건가요?"

"밖에서 볼일 봤어요?"

젤레모 씨는 아나벨 씨의 경멸스러운 눈초리와 슈리의 순진무구한 시선을 받았다.

"아, 안 봤어. 거짓말이니까……."

아무리 그래도 슈리에게는 거짓말을 할 수 없어 솔직하게 대답한다. 농땡이 쳤다는 건 안 봐도 뻔한 사실인데 어째서 거짓말을 하려고 하는 걸까?

젤레모 씨는 겸연쩍어하며 의자에 앉더니 여러 가지 생각을 했다.

"그러고 보니 어제, 티루미나 씨라는 여성분이 인사를 하러 왔는데, 아가씨랑 관련 있는 사람인 거지?"

아무래도 화제를 바꾸려 하는 모양이다.

나도 화제 전환은 자주 해서 남에게 뭐라 할 말은 없다. 그러니 이번엔 젤레모 씨의 장단에 맞춰주기로 했다.

"네, 우리 가게에서 일해주고 계신 분이에요. 그리고 덧붙이자면 이 아이들의 어머니시죠."

차를 마시는 피나와 슈리에게로 시선을 보냈다.

"그렇군. 그런데 아가씨는 나에게 무슨 일이지?"

"딱히 일이 있는 건 아니지만, 항상 좋은 해산물과 쌀을 보내주셔서 감사 인사를 하러 왔어요."

미릴러 마을에서 크리모니아로 보내는 해산물 중에 질 좋은 것들을 선별하여 우리 가게로 먼저 보낸다고 안즈에게 들었다. 딱히 내가 부탁한 건 아니지만 안즈가 생선을 보면 알 수 있다고 했다.

"그건 내 지시가 아니야. 어부들이 자진해서 하는 거지."

"그러고 보니 유나 씨 가게로 보내는 생선 때문에 싸우는 어부의 모습을 본 적이 있어요. 내 생선이 더 크다든가, 내용물이 꽉 차서 맛있다고 말이죠."

아나벨 씨가 떠올랐다는 듯 알려줬다. 좋은 물건을 보내주는 건 기쁘지만 싸우지는 말아줬으면 한다.

그러다 싸움을 본 쿠로 할아버지가 중재에 나섰다고 한다.

정말로 쿠로 할아버지에게는 폐만 끼치고 있다. 쿠로 할아버지가 만수무강하길 기원한다. 신성수 차라도 선물할까?

"그래도 일하는 아이들을 위해 휴식을 주고, 다 같이 놀러 오다니, 어딘가의 길드 직원도 보고 배웠으면 좋겠네."

어딘가에서 들은 적이 있는 대사를 젤레모 씨가 했다.

"그건 저를 말씀하시는 건가요? 휴일이라면 3일 전에 줬을 텐데요."

"그건 시찰이잖아. 이쪽저쪽에 얼굴 내비치라고."

"젤레모 씨가 바깥에 나가고 싶어 해서 그렇게 했을 뿐이에요.

게다가 현장 일을 알아두는 것도 길드 마스터로서 해야 할 일이에요."

현장을 모르는 상사일수록 쓸모없다는 말은 가끔 듣는다.

"그러니까, 그건 일이잖아."

"그런데 가신 곳에서 술을 마시고 계셨죠?"

"어, 어째서, 그걸……."

"알고 있어요. 그래도 기분전환이라고 생각해서 화내지 않잖아요."

확실히 술을 마셨다면 일이지만 일이 아닐 수도 있다. 판단은 젤레모 씨의 마음에 따르는 거겠지. 싫은데 거절할 수 없는 술자리인 것과 기뻐하며 술자리에 어울리는 건 다르다.

나도 게임 안에서 억지로 동행하는 경우가 있었고 기뻐하며 동행하는 경우도 있었다.

그렇게 생각하면 같이 가는 상대에 따라 다른 건가.

"그러면 앞으로 술을 마시고 왔을 때 화내는 편이 좋겠어요?"

"……화 안 내는 게 좋아."

아무래도 젤레모 씨의 패배인 것 같다.

"그리고 슬슬 쿠로 할아버지가 오실 시간이니까 그때까지 일을 조금이라도 진행해주세요. 조금 전까지 화장실에 다녀오셨으니까 말이에요."

젤레모 씨가 화제를 바꿨지만 결국은 아나벨 씨에 의해서 원점으로 돌아와 버렸다.

하지만, 나에게는 궁금한 점이 있었다.

"쿠로 할아버지가 길드에 오시나요?"

"바다에 관해서는 쿠로 할아버지에게 맡기고 있어서 정기적으로 보고를 받고 있어요. 주로 크리모니아로 보내는 해산물에 대해서지만, 계절에 따라 포획되는 생선 종류와 양도 바뀌거든요. 상업 길드로서도 자세한 정보가 필요해서 부탁드렸고, 정기적으로 길드에 와주세요."

곧 있으면 쿠로 할아버지는 이곳으로 온다는 모양이다.

그러면 이곳에서 기다려도 되나?

"피나, 슈리, 쿠로 할아버지에게 인사하고 싶으니까 잠깐 이곳에 있어도 될까? 아니면 두 사람은 산책하고 와도 돼."

"슈리, 어떻게 할래? 바깥에 나갈까?"

피나가 슈리에게 물었다. 아무래도 피나는 슈리의 의견을 듣고 나서 정하려나 보다.

"곰돌이랑 곰순이랑 놀면서 기다릴래."

슈리는 곰돌이와 곰순이가 함께라면 기다릴 수 있는 모양이다. 내가 꼬맹이 곰돌이와 곰순이를 소환해주자 피나와 슈리는 테이블 위에 곰을 올리고 같이 놀기 시작했다.

"어라, 아가씨. 곰이 작지 않아?"

"그렇네요. 유나 씨의 곰은 크다고 들었는데. 다른 곰인가요?"

"같은 곰이에요. 제 곰은 보통의 곰과는 달라서 작아질 수도 있거든요."

그런 뒤 젤레모 씨는 쿠로 할아버지가 올 때까지 아나벨 씨의 감시 하에 일을 했다.

381 곰 씨, 수수께끼의 섬에 관해 알다 (3일 차)

피나와 슈리 두 사람은 곰돌이와 곰순이의 손을 문지르고 배를 만지면서 놀았다. 그 모습은 강아지와 노는 것처럼도 보인다. 그런 두 사람을 곁눈질하면서 나는 아나벨 씨와 젤레모 씨에게 마을의 근황을 들으며 시간을 보냈다. 대화를 나누고 있는 동안에도 젤레모 씨는 자료를 보면서 일을 했다. 아나벨 씨도 젤레모 씨를 감시하면서 내 상대를 해준다. 두 사람과 미릴러 마을의 이야기를 나누고 있는데 쿠로 할아버지가 찾아왔다.

"곰 아가씨가 왔다고 들었는데……."

방 안으로 들어오며 나를 찾으려는 듯 방을 둘러봤다. 그리고 곧바로 나를 발견한 뒤 내가 있는 곳으로 다가왔다.

"어제는 우리 쪽 사람이 폐를 끼쳤던 모양인데, 미안하게 됐구나."

만나자마자 쿠로 할아버지가 사과했다.

"곰 아가씨에게는 폐를 끼치지 말라고 해뒀는데, 어떻게든 아가씨에게 보답하고 싶었던 모양일세. 내가 없어서 말리지 못했네."

"아뇨, 어부분들이 맛있는 음식을 대접해 주시고 아이들도 좋아했으니까 너무 꾸짖진 말아 주세요. 게다가 오늘은 아이들을 배에 태워주고 계신걸요."

"그렇게 말해주니 고맙네. 그렇지만 일단 혼은 내놨어."

내가 부탁할 것도 없이 이미 혼낸 모양이다.

그건 그렇고 쿠로 할아버지처럼 기댈 수 있는 사람이 나의 편이라는 게 든든하다. 쿠로 할아버지의 한 마디면 모두 부탁을 들어준다. 쿠로 할아버지께는 진심으로 감사하다.

"그런데 아가씨는 왜 이곳에 있는 건가?"

"유나 씨는 쿠로 할아버지를 기다리고 있었어요."

내 대신 아나벨 씨가 대답해준다.

"여러 가지로 신경 써주고 계셔서요. 감사 인사를 할까 했거든요."

"그다지 도움이 되지 않는 것 같은데……."

쿠로 할아버지가 여러 일을 해주지 않았더라면 더 힘든 상황이 일어났을 거다. 쿠로 할아버지의 방파제로서의 존재는 크다. 항상 건강하게 그 어부들의 방파제가 되어주지 않으면 곤란하다. 방파제가 부서지면 두렵기도 하다.

"그렇지 않아요. 쿠로 할아버지께는 감사드리고 있고, 앞으로도 잘 부탁드릴게요."

"그게 아가씨와의 약속이지 않나."

나와의 약속. 크라켄 토벌 건은 퍼뜨리지 말아달라, 나 때문에 주변이 소란스러워지지 않게 해달라는 부탁을 쿠로 할아버지는 지켜주고 있다.

나는 쿠로 할아버지가 항상 건강하게 지내시길 바라며 신성수의 찻잎이 든 작은 상자를 테이블 위에 꺼냈다.

"이건?"

"피로가 풀리는 차예요. 피곤할 때 드세요. 효과는 보증할게요."

신성수 차의 독의 유무……가 아니라 효과는 클리프로 확실하게 확인했다. 피로가 풀리고 일도 순조롭게 한다고 들었다.

"쿠로 할아버지가 항상 건강하셨으면 좋겠어요."

주로 나를 위해서…….

"그래도 너무 많이 마시진 마세요. 건강해졌다고 열심히 일해서 쓰러지면 곤란하니까요."

"건강해지는 차라. 그건 고맙구먼. 이걸 마시면 젊은이들을 확실하게 교육할 수 있겠어."

쿠로 할아버지는 기뻐하며 신성수 찻잎이 든 작은 상자를 받았다.

주면 안 되는 걸 줘버린 걸지도 모른다. 마음속에서 젊은 어부들에게 사과해둔다. 쿠로 할아버지 밑에서 열심히 훌륭한 어부가 되어주세요.

젤레모 씨가 신성수의 찻잎이 든 작은 상자를 바라보고 있었다.

"젤레모 씨도 필요하세요?"

"아니, 괜찮아. 건강해져서 일이 늘어나기라도 한다면 곤란하니까."

젤레모 씨는 고개를 가로로 저으며 거절했다.

"난 잠을 자서 피로를 푸는 게 좋거든."

그 부분에 관해선 젤레모 씨와 동감이다. 영양제로 체력을 회복하는 것보다는 잠으로 회복시키는 편이 당연히 좋다. 수면은 내 정체성이기도 하고 침대 위에서 뒹굴뒹굴하는 건 정의다. 그러니 아나벨 씨가 젤레모 씨를 위해 받고 싶다고 해도 주는 건 관두자.

"그래서 정기 보고 말인데, 무언가 바뀐 게 있나요?"

나와의 대화를 마치고 의자에 앉는 쿠로 할아버지에게 아나벨 씨가 묻는다. 쿠로 할아버지는 가방에서 종이를 꺼내 아나벨 씨에게 건넸다.

우리는 방에서 나갈 타이밍을 놓치고 함께 이야기를 듣게 됐다. 슈리는 그런 이야기에는 관심이 없는지 곰순이와 놀고 있었다.

뭐, 졸지 않는 것만으로도 다행이다. 피나는 곰돌이를 무릎에 두고 머리를 쓰다듬으면서 이야기를 듣고 있다.

"이 종이에도 적혀 있지만, 딱히 바뀐 건 없네. 어획량도 순조로워. 곤란한 점이라고 하자면, 바보 한 명이 그 섬에 접근해서 배를 망가뜨린 것 정도야."

"괜찮았나요?!"

쿠로 할아버지의 보고에 놀라는 아나벨 씨.

"괜찮네. 배는 침몰했지만, 운 좋게 소용돌이가 완만해져서 다른 배에 구조되었어. 그렇게 그 섬에는 가까이 가지 말라고 했거늘, 그 어리석은 놈은……."

"무슨 얘기예요?"

섬, 소용돌이, 배의 침몰.

382 곰 씨, 항구로 찾아가다 (3일 차)

“유나 언니, 점심은 안 먹어?”

슈리가 배를 문지르면서 묻는다. 그러고 보니 배가 살짝 고팠다. 먹을 거라면 곰 박스에 많이 들어있지만 모처럼 바다에 왔는데 여기서만 먹을 수 있는 걸 먹고 싶다.

어쩌면 좋을지 고민하고 있는데 이야기를 듣고 있던 쿠로 할아버지가 제안을 했다.

“그러면 항구에서 먹으면 되지 않겠니. 지금쯤 아가씨가 데리고 온 아이들이 식사하고 있을 테니까.”

쿠로 할아버지의 말에 의하면 어부 모두가 오늘 아침에 잡은 생선 등을 점심 식사로 준비했다고 한다. 배를 태워주고 식사 준비까지 해준 모양이다.

고마울 따름이다.

항구 근처에 다다르자 맛있는 냄새가 풍겼다. 내 배가 작게 「꼬르륵~」 하고 울었다. 나는 옆을 걷는 피나를 바라봤다.

“저도 배가 고파졌어요.”

아무래도 배에서 울린 소리를 들은 것 같다.

으~ 창피해.

이 곰 장비는 방어력이 뛰어나니까 배에서 나는 소리도 차단해주면 좋겠다. 다 큰 여성에게 꼭 필요한 기능이다.

냄새에 이끌리듯 항구에 도착하니 어제에 이어서 어부 모두가 생선과 조개 등을 굽고 있고, 조개와 미역 등이 들어간 된장국을 끓이고 있었다.

맛있겠다. 쌀밥이 생각나네.

쿠로 할아버지는 어부들이 있는 곳으로 가서 식사 얘기를 했다. 어부들은 흘깃 내 쪽을 본 후 씨익 웃으며「당연히 마음껏 먹으렴」이라고 말했다.

우리들은 무사히 식사를 해결할 수 있었다.

생선 구이와 조개 등을 그릇에 올리고 먹으려는 그때, 티루미나 씨가 다가왔다.

"엄마!"

슈리는 티루미나 씨에게 안겼고 티루미나 씨는 슈리의 머리를 쓰다듬었다.

"유나, 용무는 마쳤니?"

"간단하게라도 모두에게 인사는 해뒀어요. 그리고 쿠로 할아버지가 배에 태워주시기로 했어요. 티루미나 씨 쪽은 식사 중이에요?"

"그래, 배만 태워주신 게 아니라 식사도 준비해주셨어. 이렇게까지 해주니까 죄송한 마음이 드네."

티루미나 씨는 곤란한 얼굴을 했다.

나도 티루미나 씨의 말에 동의한다. 돈을 내는 것도 아닌데 아이들을 배에 태워주고 식사까지 준비해줬다. 대가없이 호의를 받는 건 부담스럽다.

"그런데 유나, 이 마을에서는 뭘 한 거니? 유나가 터널을 발견했다는 건 알지만, 그 외에도 뭔가 있었던 거지?"

티루미나 씨가 의심하듯 물었다.

"아무것도 안 했어요."

"정말?"

티루미나 씨의 얼굴이 내게로 다가온다. 티루미나 씨는 눈을 가늘게 뜨고 내 눈을 가만히 바라봤다. 틀림없이 의심하는 눈초리다. 눈을 피하면 패배라는 건 알고 있지만 견딜 수 없어져서 나는 눈을 피해버렸다.

"너희들은 알고 있어?"

티루미나 씨는 딸 두 명을 본다.

"유나 언니가 한 일이요? 비밀이에요."

"비밀이에요."

오오, 피나와 슈리가 티루미나 씨를 거스르고 내 편이 되어준다. 감동의 순간이다. 그렇지만 이게 반항기의 시작은 아니겠지?

"어머, 엄마에게도 안 알려주는 거야?"

티루미나 씨는 들러붙듯 두 사람을 껴안고 간지럽히기 시작했다.

"어, 어머니, 그만요. 간지러워요."

"엄마, 간지러워~."

"어서 말하지 않으면, 더 간지럽힌다."

사이 좋은 가족이 장난을 치고 있다. 티루미나 씨가 지병을 앓던 무렵에는 할 수 없었던 일이다. 보고 있으니 저절로 미소가 지어졌다. 그리고 똑같이 이 모습을 훈훈하게 바라보는 겐츠 씨가 있다. 겐츠 씨도 부모이지만 겐츠 씨가 저 무리에 들어가면 가족이라도 범죄처럼 느껴진다.

"유, 유나 언니, 도, 도와줘요……."

"유나, 언니……."

내가 흐뭇하게 피나 가족을 보고 있는데, 피나와 슈리가 웃으면서 작은 손을 뻗으며 도움을 요청해왔다. 그 기회를 놓치지 않는 티루미나 씨. 장난치는 거로만 보이는데 도와주는 편이 나을까.

"마을이 마물에게 공격을 당하고 있어서 무찔렀던 것뿐이에요."

"그래?"

거짓말은 하지 않았다. 크라켄에 관해서는 말하지 않았을 뿐.

"그러니까 아주 조금 감사를 받는 거예요."

내가 설명하자 티루미나 씨는 피나와 슈리를 해방했다. 웃다 지친 피나와 슈리는 허리를 숙인 채 하아 하아, 하고 숨을 헐떡였다.

"어머니, 너무하세요."

"엄마에게 말 안 해줬잖아. 유나니까 말도 안 되는 마물을 쓰러뜨렸겠지만, 그건 묻지 않을게."

티루미나 씨는 내가 얼버무린 부분을 묻지 않아 줬다. 사실을 말해도 믿어줄지 모르겠지만…….

"그래도 여러 가지로 이해가 가네. 마을을 걷고 있으면 부적처럼 곰 장식물이나 소품들을 팔고 있었거든. 보통이라면 그런 건 팔지 않잖니. 곰을 신앙으로 삼다니 들어본 적 없어."

"……."

지금, 티루미나 씨가 뭐라고 말했지?

잘못 들은 거겠지. 분명 잘못 들은 걸 거야. 돌아가면 귀 청소를 해야겠네.

귀 청소하는 도구가 있던가?

"이것 봐, 나도 샀다니까."

티루미나 씨의 주머니에서 작은 곰이 나왔다.

내 눈이 이상할 리는 없지? 나는 눈을 비비고 다시 한 번 확인했다. 티루미나 씨의 손바닥에는 작은 곰이 올려져 있다. 잘못 본 게 아닌 모양이다.

곰은 끈이 꿰어져 있었고 열쇠고리처럼 생겨서 가방 등에 달게 되어 있었다.

"곰이다~, 나도 갖고 싶어!"

슈리가 티루미나 씨의 손에서 곰 열쇠고리를 낚아챘다.

"그러니까…… 팔고 있었나요?"

티루미나 씨의 이야기에 따르면 잡화 등을 파는 장소에서 발견했다고 한다. 부적으로 팔고 있었고 효과는 바다에 나가서 무사히 돌아올 수 있도록 비는 거라고…….

그걸 듣고 나는 생각을 멈췄다.

아무것도 생각하고 싶지 않아졌다.

"아가씨, 미안하네."

쿠로 할아버지의 목소리에 내 사고가 재기동 된다. 아무래도 쿠로 할아버지는 우리의 이야기를 듣고 있었던 모양이다.

"그 곰은 어부들의 부적과도 같은 거야."

부적, 티루미나 씨도 그런 말을 했다.

"아직도 바다를 무서워하는 사람과 불안하게 여기는 사람이 있지. 하지만 그 곰 부적이 있으면 마음이 진정된다고 해. 그런 이유로 곰 부적을 들고 바다에 나가면 안전하게 생선을 잡을 수 있다고 소문이 났던 거야."

부적이라니…… 신님의 가호를 말하는 거잖아? 신님에게 안전을 빌거나 하는 거잖아. 곰이 모티브가 됐다는 건 나를 말하는 거고? 나는 신이 아닌데.

그렇지만 신세를 지는 쿠로 할아버지에게 사과를 받으면 뭐라고 할 수가 없다. 게다가 이런 곰 부적을 들고 있는 것만으로 안심하고 어부 일을 할 수 있다면 안 된다고 말할 수 없다. 그만두라고 말하면 바다에 나가지 못할 수도 있다. 정신적인 상처를 치유하는 게 어렵다는 것은 나도 안다.

"저기, 다른 마을에는 퍼트리지 말아 주세요."

그렇게 부탁하는 게 한계였다.

"알고 있네."

정말로 퍼트리지 말아 주길. 그래도 곰 부적이라니, 다른 마을에서 온 사람은 코웃음 치고 웃으면서 사지 않겠지.

나는 곰 부적을 기쁘게 들고 있는 티루미나 씨와 슈리, 피나를 봤다.

……아무도 안 사겠지?

그리고 어부들이 만들어 준 요리를 먹고 있는데 접시에 음식을 담은 노아가 다가왔다.

"유나 님!"

입안에는 많은 음식이 들어있다. 노아는 귀족의 딸이니 입에 음식을 넣은 채로 말하면 안 되잖니. 나는 노아의 부푼 볼을 곰 인형 장갑으로 눌렀다.

"뭐, 뭐죠?"

"맛있게 먹고 있지만, 아가씨로서는 어떤가 싶어서."

"여기서는 귀족 같은 건 상관없는걸요. 모두 다 같이 식사해야죠."

그건 그렇지만 처음 만났을 때는 조금 더 귀족 같았는데. 혹시 나를 만나고 변한 건 아니지?

아마 나와 만나기 전부터 이런 성격이었을 거야. 나는 그렇게 생각하기로 했다.

그와 반대로 미사와 시아는 규수다운 행동을 하고 있다. 먹으면서 걸어 다니지 않고 착실하게 앉아서 식사하고 있다.

"그렇지. 유나 님, 저 나중에 낚시를 배울 거예요. 처음이라서 기대돼요. 커다란 생선을 낚아 볼게요."

아무래도 배를 탔던 아이들이 낚시를 하고 싶다고 말했나 보다. 그래서 오후부터는 낚시를 하기로 된 것 같다.

그건 그렇고, 노아는 바다를 만끽 중인 모양이다. 이것도 클리프와 라라 씨가 없어서 그런가?

"유나 님도 낚시하려고 온 거예요?"

"나는 피나랑 슈리가 배를 타고 싶다고 해서 온 거야."

"그러면 피나랑 슈리도 같이 낚시를 하지 않을래?"

조금 떨어진 장소에서 음식을 먹고 있는 피나와 슈리에게 묻는다.

"낚시요?"

"생선을 스스로 잡는 거야."

"생선을 잡는다고?!"

슈리가 낚시에 흥미를 느낀 모양이다.

"누가 큰 생선을 낚는지 시합하지 않을래? 언니랑 미사도 같이 할 거야."

권유를 받은 피나와 슈리는 고민에 빠진다.

낚시도 하고 싶지만 쿠로 할아버지가 배를 태워주시기로 약속했다. 곤란한 듯 나를 봤다.

“마음대로 해도 돼. 쿠로 할아버지의 배에는 나만 타도 괜찮아.”

“그래도…….”

거절하는 건 힘든 모양이다.

내가 쿠로 할아버지에게 그 얘기를 하자—.

“그럼, 내가 가르쳐 주지. 커다란 생선을 낚을 수 있는 장소를 누구보다도 잘 알고 있으니까.”

그런 이유로 쿠로 할아버지가 배를 태워주시는 것뿐만 아니라 낚시도 가르쳐주게 됐다.

383 곰 씨, 바다로 나가다 (3일 차)

이야기를 나누고 티루미나 씨에게 오늘의 예정을 물었다.

"식사가 끝나면 세 그룹으로 나눠서 움직일 예정이야."

티루미나 씨의 말로는 낚시하는 그룹. 곰 빌딩으로 돌아가서 쉬는 그룹. 그리고 오늘도 바다에서 헤엄칠 그룹으로 나뉜다고 한다.

티루미나 씨에 따르면 뱃멀미한 아이들이 있었다고 했다.

그것만큼은 배를 타보지 않으면 모르는 거지.

"피나랑 슈리는 괜찮았니?"

"네, 괜찮았어요."

"나도 괜찮았어."

그러고 보니 두 사람 모두 괜찮았네.

그래서 배를 타고 싶지 않은 아이가 있었고 졸고 있는 아이도 있어서 리즈 씨가 데리고 돌아가기로 했다고.

참고로 티루미나 씨는 겐츠 씨와 낚시를 할 거란다.

정말 건강을 되찾은 뒤로는 행동파가 되었다.

아니지, 원래 이런 성격이었을지도 모른다.

점심 식사를 마치고 각자의 목적을 위해 나뉘어서 움직였다. 리즈 씨는 졸려 하는 아이와 손을 잡고 잠든 아이를 업고 있었다.

그걸 본 길이 대신 업어주며 곰 빌딩으로 데리고 갔다.

낚시하는 그룹은 노아를 호위할 마리나는 물론이고 모린 씨, 카린 씨, 네린도 참여한다고 한다.

"미사, 피나, 슈리, 언니. 누가 큰 생선을 낚는지 시합이에요."

그렇게 선언하는 노아.

"시합이요?"

"시합이야."

"하지만, 저는 낚시 같은 거 해본 적 없는데……."

"나도 없어. 물론 미사도 없지."

노아는 시아를 본다.

"강이나 호수에서라면 해봤지만."

"언니는 유나 님과 겨루세요."

"아니, 나는 낚시 안 할 거야."

나는 낚시할 생각은 없어서 거절했다.

그리고 각자의 배로 나뉘어 올라탔다.

우리는 약속대로 쿠로 할아버지의 배를 탔다. 쿠로 할아버지의 배에는 나와 피나, 슈리에 티루미나 씨와 겐츠 씨가 탔다. 낚시할 거라면 가족이 같이 하는 게 좋을 거라 생각해서 내가 권했다.

"아빠, 큰 물고기 잡을 수 있어?"

"옛날에 낚시를 해본 적은 있지. 그때 이만한 생선을 낚은 적도 있단다."

슈리의 질문에 겐츠 씨는 팔을 벌려 큰 생선을 낚았다고 어필했다.

"어머, 그랬던가? 분명 로이는 성공했는데 겐츠는 못 낚아서 투덜거렸던 기억이 있는데……."

로이라는 건 분명 돌아가신 피나의 아버지 이름이지?

티루미나 씨가 웃으며 커다란 생선을 낚았다고 자랑하는 겐츠 씨의 말을 부정했다. 겐츠 씨는 티루미나 씨의 말을 듣고 동요했다.

"그, 그 후의 일이야. 다들 안 볼 때 낚았다고."

겐츠 씨는 눈동자를 흔들면서 대답했다. 그 태도를 보면 거짓말이라는 것을 쉽게 알 수 있었다.

"그러면 낚시 솜씨가 좋아졌으니까 기대할게."

"……그래도 낚시는 오랜만이니까 실력이 떨어졌을지도 몰라……."

어쩐지 이번에는 변명을 했다. 조금 전까지 슈리에게 큰 걸 잡았다고 말해놓고…….

하지만 그런 건 개의치 않는 티루미나 씨가 추궁했다.

"슈리, 아빠가 엄청나게 큰 생선을 낚아주겠대."

"진짜? 아빠, 힘내."

슈리가 순진무구한 표정으로 겐츠 씨에게 부탁했다. 그런 슈리의 미소를 보며 무리라고 말하지 못하는 겐츠 씨는, 자신을 궁지에 몰아넣었다.

"……그래, 아빠만 믿어. 큰 생선을 낚아줄 테니까."

의기양양하게 약속을 해버린다.

아아, 겐츠 씨의 얼굴이 굳었어. 솔직하게 초보라는 걸 인정하면 될 것을……. 점점 일이 커진다. 혹시 자신을 궁지에 몰아넣어서 힘을 발휘하는 타입인가? 그렇게는 안 보이는데.

티루미나 씨도 겐츠 씨를 너무 괴롭히지 않아도 되는데.

그래도 이번 일은 허세를 부린 겐츠 씨의 잘못이니 도와줄 방법이 없다.

"유나 언니는 해본 적 있으세요?"

"낚시? 나는 해본 적 없어."

피나의 질문에 거짓을 말할 이유가 없어서 솔직하게 대답했다. 이런 부분에서 허세를 부려 봤자 의미가 없다. 겐츠 씨 같은 일을 되풀이하는 것은 거절이다.

애초에 은둔형 외톨이였던 내가 낚시 같은 활동을 할 리가 없다.

"그럼, 저랑 같은 초보네요. 커다란 생선을 낚을 수 있을까요?"

"뭐, 그건 해보지 않으면 모르지."

괜한 기대를 심어주지는 않는다. 낚지 못하면 가여우니까.

우리는 쿠로 할아버지의 배를 타고 바다로 나갔다. 커다란 배다. 쿠로 할아버지 외에도 한 명의 어부가 탔다. 들어보니 할아버지의 막내아들이라고 했다. 뭐, 아들이 몇 명 있어도 이상하지는 않다. 참고로 촌장은 쿠로 할아버지의 아들 중에 장남이라고 했다.

배는 돛을 펴서 움직이기 시작했다. 원래 세계의 배와 다른 점은 바람의 마석을 사용하고 있다는 것 정도다. 전에 다몬 씨에게 들은 적이 있는데 마석을 사용해서 배를 움직이는 건 수습생 어부. 바람과 마석을 번갈아 사용하는 게 반 사람의 몫. 자연의 바람만으로 배를 움직일 수 있으면 한 사람 몫을 하는 걸로 인정받는다고 했다. 마석은 자전거로 말하자면 보조 바퀴인 셈인가?

배는 항구에서 조금씩 멀어져간다. 다른 배를 탄 노아와 미사가 손을 흔들었다. 피나와 슈리도 손을 마주 흔들었다.

그리고 노아 일행이 탄 배를 봤을 때 봐버렸다. 나는 눈을 비빈다. 틀림없다. 돛을 친 돛대 꼭대기에 곰 형태를 한 물체가 있었다. 몇 번이고 눈을 문질러 확인했다.

나는 자신이 탄 배도 확인했다.

……있네. 높아서 잘 안 보이지만 작은 곰이 돛대 위에 있었다.

설마, 쿠로 할아버지도 곰을 부적 대신으로 쓰고 있는 거야?

피나의 가족은 바다를 보고 있어서 돛대에 있는 곰은 발견하지 못했다. 그래서 나는 봤지만 못 본 척하기로 했다.

배가 항구에서 멀어지자 나는 묻고 싶은 게 있어서 쿠로 할아버지가 있는 곳으로 향했다.

"그 갑자기 나타났다는 섬이라는 건 어디 부근에 있어요?"

바다를 보면 작은 섬으로 보이는 게 몇 개 있지만 어느 것이 움직이는 섬인지 알 수 없었다. 확실하게 말해서 매일같이 바다로 나오는 어부가 아니면 판별이 안 된다.

"여기서는 안 보이네."

쿠로 할아버지의 말에 따르면 먼 바다 쪽으로 나가지 않으면 보이지 않는다고 했다.

그것이 어부들에게만 알려진 이유이기도 했다.

으음~ 방향만이라도 알고 싶은데. 그걸 알면 곰돌이랑 곰순이의 곰 수상보행을 사용해서 갈 수가 있다.

"근처까지 가는 건 가능한가요?"

"아가씨는 그렇게 그 섬이 궁금한가?"

「궁금합니다!」라고 큰 목소리로 대답할 수는 없다.

"뭐, 모험가니까 일단 어떤 섬인지 싶어서요."

조금 목소리의 톤을 정돈하고 약간 흥미가 있다는 듯 대답했다.

"게다가 크라켄 일도 있고, 위험한 섬이면 곤란하지 않을까 생각했거든요."

"다가가지 않으면 위험하진 않아. 갑자기 나타난 것 외엔 보통의 작은 섬과 다를 바 없지. 설마, 아가씨는 가볼 생각인가?"

"안 가요. 게다가 소용돌이가 있어서 근처에 갈 수 없잖아요? 단지 섬의 방향을 알면 만약을 대비할 수 있으니까요."

적당한 이유를 나열해본다. 보석이 있을지도 모르니까 가보고 싶다는 말은 할 수 없다. 그러면 배를 침몰시킨 어부와 같은 수준이다. 할아버지도 석연치 않아 섬의 위치를 알려주지 않을지도 모른다.

"뭐, 생선을 낚을 수 있는 장소도 근처에 있으니 괜찮겠지."

쿠로 할아버지는 배의 진행 방향을 바꿨다. 배는 점점 항구에서 멀어진다.

"다른 배가 작아진다."

슈리가 다른 배를 봤다. 다른 배들은 각자 물고기를 낚는 포인트로 향했다. 쿠로 할아버지의 배만이 다른 방향으로 나아갔다.

피나의 가족은 섬으로 향하고 있다는 것도 모르고 순수하게 항해를 즐기고 있다. 한창 나아가고 있는데 쿠로 할아버지가 말을 걸었다.

"아가씨, 저 섬이라네."

쿠로 할아버지가 가리킨 쪽을 봤다. 거리는 꽤 멀어서 이 위치에서는 평범한 작은 섬으로밖에 보이지 않는다. 그렇지만 녹색이 보이고 나무들이 솟아 있다는 건 알 수 있다.

나는 곰 지도 스킬을 사용해 장소를 확인했다. 새까만 해도에 배로 지나온 부분의 지도가 그려져 있었다. 지도로서는 불완전하지만 섬에 가기만 하는 거라면 문제는 없다. 이 배가 지나온 곳 너머에 수수께끼의 섬이 있다는 게 된다. 이젠 섬이 이동하지 않길 빌 뿐이다.

"아가씨의 부탁이긴 해도 이 이상은 다가가지 않겠네. 내가 스스로 명령했던 일을 어길 수는 없으니까 말이야."

나로서는 방향을 안다면 문제는 없다. 내가 고맙단 말을 하자 할아버지는 배를 돌려서 낚시 포인트로 향했다.

낚시 포인트에 다다르자 쿠로 할아버지와 아드님이 피나 가족에게 낚시 방법을 알려줬다. 피나는 물론이고 낚시 경험자인 겐츠 씨도 성실하게 들었다.

낚시 방법을 배운 모두는 각자의 낚싯줄을 떨어뜨린다. 장대를 보니 릴 같은 것도 보였다.

저건 마석인가.

릴로 보이는 위치에 마석이 끼워져 있다. 마석의 힘으로 낚싯줄을 감는 건가?

"유나 언니는 정말로 낚시 안 하세요?"

"나는 느긋하게 구경할래."

낚시에는 흥미가 없다. 멍하니 있는 건 좋아하지만 낚싯줄을 내려 보낸 뒤 기다리는 건 좋아하지 않는다. 그 시간 동안 뭔가를 한다는 느낌이 없어서 그런 것 같다.

"유나 언니도 해."

슈리가 내 곰 옷을 잡았다.

"나는 됐어."

"에이~~."

"그럼, 대신 곰돌이를 빌려줄 테니까 나라고 생각해."

"곰돌이?"

나는 일반 크기의 곰돌이를 소환했다. 곰돌이를 소환한 정도로는 배가 기울거나 하지 않는다.

"곰돌아, 슈리랑 같이 낚시를 해줄래?"

내가 그렇게 말하자 곰돌이는 「크~응」하고 울었다.

"곰돌이, 낚시할 수 있어?"

"글쎄? 하지만 나보다 도움이 될걸."

슈리는 곰돌이를 데리고 낚시하러 갔다.

나는 보통 크기의 곰순이를 소환하여 엎드리게 했다. 그곳에 기대듯 옆으로 누웠다.

응, 기분 좋아. 폭신폭신한 쿠션이다.

곰돌이와 곰순이에게는 일단 바다의 감시를 부탁했다. 크라켄은 나타나지 않겠지만 위험한 바다 생물이 공격해올지도 모른다. 보험 같은 거다.

나는 배의 흔들림을 느끼며 피나 가족을 봤다. 피나는 낚싯줄을 내리고 바다를 바라보고 있었다. 슈리는 곰돌이와 함께 낚시를 하고 있다. 나는 곰 장비 덕분에 괜찮지만 곰돌이에게 안긴 슈리는 덥지 않나?

겐츠 씨의 「반드시 커다란 물고기를 낚겠어」라고 말하는 모습이 보였고 티루미나 씨는 그런 겐츠 씨를 미소를 지으며 바라보고 있다.

나는 그런 모습을 보고 목소리를 들으면서 느긋하게 보냈다. 폭신한 곰순이 쿠션에 기대고 있으니 서서히 졸려온다.

「하~암」 조금 큰 하품을 하고 잠에 빠져들었다.

"유나 언니, 슈리, 일어나."

몸이 흔들린다. 눈을 뜨자 피나가 보였다. 그리고 옆에서 「언니?」 하며 졸린 목소리가 들려왔다. 목소리가 들린 쪽을 보니 슈리가 내게 안겨 자고 있었다.

"어서, 이제 돌아갈 거니까 일어나."

"언니, 물고기 잡았어?"

슈리가 작게 하품하면서 몸을 일으켰다.

어째서 슈리가 나랑 같이 자고 있지?

"큰 물고기를 낚았어."

"진짜?!"

슈리는 몸을 일으키더니 물고기를 보러 갔다.

"피나는 잡았니?"

"곰돌이가 도와줘서 큰 물고기를 잡을 수 있었어요."

이야기를 들어보니 슈리는 금방 낚시에 질려서 배 안을 둘러보거나, 바다를 구경했다고 한다. 그러다 어느샌가 내 옆에서 자고 있었다고.

피나와 티루미나 씨는 몇 마리의 물고기를 낚았고 겐츠 씨의 결과는 묻지 않으면 좋겠다.

"낚은 것도 곰돌이 덕분이에요. 곰돌이가 낚싯대를 잡아줬거든요. 멋있었어요. 마지막에는 입에 물고 휙 잡아당기니까 이렇게 커다란 물고기를 낚았지 뭐예요."

피나는 팔을 양쪽으로 크게 움직이며 곰돌이가 어떤 식으로 물고기를 낚아 올렸는지 설명했다. 피나의 옆에 있는 곰돌이가 대단하지? 라는 느낌으로 「크~응」 하고 울었다.

저기, 곰돌아. 뭘 한 거니? 그런 것까지 할 수 있는 거야?

우선 머리를 쓰다듬으며 칭찬해줬다.

384 곰 씨, 낚시에서 돌아오다 (3일 차)

나는 피나에게 듣고 겐츠 씨가 물고기를 잡지 못했다는 사실을 알았다. 하지만 그것을 알지 못하는 슈리는 겐츠 씨에게 물어보려 했다.

나는 마음속으로 「물어보지 마~!」라고 외쳤지만 그런 나의 소망은 닿지 않았고—.

"아빠가 잡은 물고기는 뭐야?"

슈리는 물고기가 든 상자를 쳐다보고 물어봤다.

"그, 그건……."

겐츠 씨는 곤란한 표정을 지었다. 겐츠 씨를 보고 있을 수가 없다. 그때 티루미나 씨가 미소를 머금으며 다가갔다. 설마 숨통까지 끊어놓으려고?! 겐츠 씨의 HP(생명력)는 0이라고. 겐츠 씨가 불쌍해 보인다.

"슈리, 아빠가 낚은 물고기는 이거야."

"이거?"

어라, 티루미나 씨가 상자 안에 들어있던 물고기를 가리켰다. 티루미나 씨의 말을 들은 겐츠 씨도 놀란다.

"정확하게는 나랑 아빠가 낚은 거지. 내 낚싯대에 큰 물고기가 걸렸는데 나 혼자서는 낚을 수가 없었거든. 그때 아빠가 도와줬단다. 얼마나 멋있었는데.”

“……티루미나.”

“아빠, 대단해!”

슈리는 기뻐하며 겐츠 씨에게 안겼다. 겐츠 씨는 그런 슈리의 머리를 쓰다듬었다. 그리고 티루미나 씨를 바라보자 티루미나 씨는 겐츠 씨에게 미소를 지어 보였다.

“상냥한 어머니구나.”

“네!”

그 모습을 보고 있던 피나는 기뻐하며 수긍했다.

아무래도 아버지로서의 체면은 지킨 모양이다.

그런 가족의 모습을 쿠로 할아버지도 흐뭇하게 바라보고 있었다.

만일 나였더라면 창피했을 거다.

항구로 돌아오니 이미 다른 배들도 돌아와 있었다.

배가 육지에 도착하자 기다리고 있었다는 듯 노아가 다가왔다.

“피나, 슈리, 물고기는 잡았어? 나는 큰 걸 잡았어. 잡은 물고기 보여줘.”

아무래도 노아는 큰 물고기를 잡아서 서둘러 보여주고 싶었던 모양이다.

“아, 이게 제가 낚은 것 중에서 가장 큰 물고기예요.”

피나가 곰돌이와 낚은 커다란 물고기를 보여줬다. 그 순간 노아의 얼굴색이 바뀌었다.

"으으, 크잖아. 슈리는 어떤 거야?"

"그게, 잠들어서 못 잡았어."

슈리는 나와 곰순이와 함께 자고 있었다고 설명했다.

"으으, 그건 그거대로 진 것 같은 기분이네."

노아는 더욱 풀이 죽었다.

승부의 결과는 피나와 곰돌이가 낚은 물고기가 가장 컸다. 다음으로 노아였고 미사, 시아에 이어서 마지막은 자고 있던 슈리였다.

"곰돌이에게 도움을 받다니 치사해. 슈리도 유나 님이랑 곰순이랑 자다니, 부럽네."

일등을 못한 노아가 볼을 부풀리며 부러워하자 시아가 끼어들었다.

"노아도 마리나의 손을 빌려서 낚았으니까 피나에게 뭐라 못하잖니."

"그건…… 물고기가 커서 혼자로는 무리여서, 어쩔 수 없었어요."

"그러면 피나도 마찬가지지."

"으으…… 알았어요."

노아는 언니인 시아의 타이름에 반박을 못했다. 뭐, 낚시는 첫 경험이니까 어쩔 수 없지. 작은 물고기라면 모르지만 커다란 물고기는 혼자서 무리일 거다. 다른 사람의 힘을 빌렸다고는 해도 낚은 것 자체는 대단하다고 생각했다.

나는 한 마리도 낚은 적이 없다.

"이번엔 패배를 인정할게. 유나 님, 다음번엔 저에게도 곰돌이를 빌려주세요. 그러면 더 커다란 물고기를 낚아 보일게요."

저기…… 그러면 곰돌이가 낚은 게 아닐까?

낚시 대결을 하려면 자신의 힘으로 낚아야 한다고 생각한다.

"그때는 공평하게 다 같은 배에 탔을 때 빌려줄게."

"약속이에요."

그런 뒤 미사와 시아가 낚은 물고기를 보고 있는데 다른 아이들도 자신들이 낚은 물고기를 보여주었다.

"유나 언니, 큰 물고기를 잡았어."

"문어는, 느낌이 이상했어."

"작지만 많이 잡았어."

"유나 언니, 이것 봐."

"유나 누나, 내가 낚은 물고기야. 먹어."

"내 것도."

"내 것도 먹어."

모두 자신이 잡은 물고기를 내가 먹어줬으면 하나 보다. 모두의 마음은 기쁘지만 혼자서는 그렇게 많이 먹을 수 없다.

"이런, 다들 고마워. 오늘 밤에 안즈에게 요리해달라고 할 테니까 원장 선생님이랑 리즈 씨에게도 주자."

내가 그렇게 말하자 아이들은 순순히 수긍했다. 혼자서 모두가 낚은 물고기를 먹으면 곰이 아니라 돼지가 되어 버린다.

게다가 아무리 은둔형 외톨이라고 해도 15살 여자다. 수치심은 갖고 있다. 그렇지 않아도 팔뚝 같은 곳이 볼록해서 과식에는 주의해야 한다.

참고로 미사와 다른 아이들도 어부들의 힘을 빌려 낚았다고 했다.

시아는 혼자서 낚아 올렸다고 했으니 낚시 대결은 시아가 일등인 걸지도…….

잡은 물고기는 나중에 어부들이 곰 빌딩으로 옮겨준다고 해서 부탁했다. 정말 신세만 지고 있다.

우리는 배를 태워준 쿠로 할아버지에게 감사 인사를 하고 곰 빌딩으로 돌아갔다.

곰 빌딩에 돌아오니 아이들은 원장 선생님이 있는 곳으로 보고를 하러 갔다. 어떤 생선을 낚았는지, 문어를 잡았다는 둥, 미안한 마음이 들었다는 둥, 여러 가지 들려온다. 원장 선생님과 리즈 씨 그리고 니프 씨는 미소를 지은 채 아이들의 이야기를 들었다.

자연스럽게 니프 씨에게도 아이들이 모여드는 것을 보니 아이들과 친해진 것 같다.

미릴러 마을에 왔을 때는 어떻게 될까 싶었는데 미소를 보니 안심이 된다.

안즈에게는 넌지시 신경 써달라고 말했지만 괜찮을 것 같다.

잠시 후, 바다에서 놀던 그룹도 돌아왔다.

그러자 낚시를 했던 그룹의 아이들처럼 원장 선생님이 있는 곳으로 달려갔다. 정말로 원장 선생님은 인기가 많다. 모든 아이가 즐겁게 이야기했다.

"후후, 즐거웠어요."

식사 전에 욕조에 몸을 담그고 오늘 하루의 피로를 풀고 있는데 함께 목욕하고 있던 노아가 싱글벙글하며 중얼거렸다.

"즐거웠던 모양이네."

"네, 이렇게 놀았던 건 오랜만이에요."

"미사랑 시아는 어때?"

"네, 노아 언니가 불러줘서 다행이에요. 나중에 알았더라면 투정을 부렸을지도 몰라요."

"그러게, 나도 왕도에서 와서 다행이야. 돌아가면 어머님이 뭐라 하실 것 같지만."

그러고 보니 엘레로라 씨를 두고 왔던가? 그래도 엘레로라 씨는 일을 해야 하니 어쩔 수 없다. 그게 학생과 사회인의 차이다.

"그러고 보니. 유나 님, 알고 계셨어요?"

"뭐를?"

"어부에게 들었는데, 아무래도 바다에 갑자기 섬이 나타났다더라고요."

어쩐지 노아도 움직이는 섬에 관해 들은 모양이다.

"그 이야기라면 나도 들었어."

"갑자기 섬이 나타나다니 이상해요."

"섬이 움직인다는 이야기도 있는 모양이에요."

"섬이라는 건, 움직이나요?"

노아의 말에 미사가 물었다.

"떠 있는 섬 같은 것도 있으니까 해류에 흘러서 움직일 수도 있지 않을까?"

실제로 본 적은 없지만 그런 섬이 있다는 걸 지식으로 알고 있는 정도이다.

"움직이는 섬, 보고 싶네요. 그래도 그 섬을 보고 싶다고 부탁했는데, 거절당했어요."

나는 낚시 포인트에 가기 전에 쿠로 할아버지에게 부탁해서 봤다.

"이야기에 따르면, 섬 주변에 소용돌이가 있어서 위험하다고 하니 어쩔 수 없지. 침몰된 배도 있다는 것 같아."

나는 쿠로 할아버지에게 들은 이야기를 그대로 들려줬다.

"네, 같은 얘기를 어부에게 들었어요. 위험한 행동은 부탁할 수 없으니 아쉬워요."

나도 실제로 가까이서 확인한 건 아니지만 소용돌이는 위험하다. 배가 침몰하면 죽을 가능성이 크다.

단순한 호기심으로 가기엔 너무 위험하다.

"그래도, 그런 신기한 섬이 있으면 가고 싶어지네요."

이야기를 듣고 있던 시아가 말했다.

나는 가려고 마음먹어서 쿠로 할아버지에게 부탁해 그 섬 근처까지 갔었다.

그러나 그런 말을 꺼내면 노아와 아이들이 「가고 싶어요」라고 말할 거라는 걸 알고 있다.

그러니 「나는 갈 거야」라고는 말 못 했다.

무엇보다 섬에 어떤 위험이 도사리고 있는지 모르는 곳에 시아와 아이들을 데리고 갈 수는 없다.

"가고 싶다고 해서 어부에게 무리하게 부탁하면 안 되지. 노아도 시아도 크리모니아 영주의 딸이라서 부탁을 무시할 수 없으니까."

"알고 있어요. 그런 짓을 하면 아버님에게 혼나니까 안 할 거예요."

볼을 부풀리며 내 말을 부정했다.

"맞아요. 저는 아버님만이 아니라 어머님에게도 혼날걸요."

"저도 할아버님, 그리고 아버님에게 혼날 거예요."

"곰돌이랑 곰순이를 타고 갈 수 있으면 좋겠는데."

노아는 욕조 안에서 편안하게 있는 꼬맹이 곰돌이의 등을 문질렀다. 곰돌이는 신경 쓰지 않고 기분 좋게 있다.

그리고 욕조에서 나온 뒤 노아는 곰돌이와 곰순이를 드라이어로 말리고 빗질을 했다.

"폭신폭신해졌어요."

노아는 폭신해진 곰돌이와 곰순이를 기뻐하며 안았다.

평화롭네.

그리고 목욕을 마친 뒤 저녁 식사를 했다.

그날의 저녁 메뉴는 아이들이 바다에서 낚은 물고기와 문어 등을 사용한 해산물 요리였다.

전문가인 안즈가 만드는 요리는 모두 맛있었다.

그리고 각각의 식탁에서는 아이들이 오늘 있었던 일을 즐겁게 얘기했다.

모두 즐거워 보이니 정말로 데리고 오길 잘했다.

385 곰 씨, 워터 슬라이드를 만들다 (4일 차)

다음 날, 아침 식사를 마치고 아이들은 수영복으로 갈아입기 위해 방으로 향했다.

그 뒤를 리즈 씨와 니프 씨가 쫓아간다.

"노아랑 너희는 어떻게 할래?"

"저는 마을에 갈 생각이에요. 아버님이 놀지만 말고 마을도 보고 오라고 하셨거든요."

"그럼, 시아랑 미사도?"

"네, 저도 확실하게 보고 오라고 하셔서 노아랑 같이 갈 거예요."

"네, 저도 할아버님이 둘러보라고 하셨어요."

귀족이라는 건 힘든 거구나.

"그래도 오후엔 돌아올 테니까, 유나 님, 돌아온 뒤에 같이 놀아요."

노아 일행은 곰 하우스를 나섰다.

그 호위로 마리나와 엘이 따라간다.

티루미나 씨와 겐츠 씨는 오늘도 둘이서 외출했다.

두 사람도 이것저것 즐기고 있는 것 같아서 다행이다. 신혼여행의 대신이 되니까 기쁘다.

원래는 피나와 슈리도 같이 가자고 했지만 피나가 신경 써서 두 사람끼리 가도록 해줬다. 게다가 오늘은 피나와 슈리에게 부탁하고 싶은 것이 있어서 오늘도 두 사람에게 동행을 부탁했다.

"유나 언니, 우리도 빨리 바다에 가자."

슈리가 내 곰 옷을 잡아당긴다.

"알았어. 그럼 옷 갈아입고 바다에 가볼까."

"응!"

그런 이유로 나는 내 방으로 왔다.

한 번 입으면 두 번이든 세 번이든 똑같다. 곰 인형 옷도 긴 시간 입고 있었더니 익숙해졌다. 수영복도 처음보다는 두 번째 쪽이 저항감은 적다.

……나는 그렇게 생각했다. 그렇지만 첫째 날 셰리가 내 수영복을 봤을 때 「어울려요. 다른 수영복도 보고 싶네요」라고 부탁했다.

그 순간 내 사고가 멈췄다. 사람은 너무 놀라면 말이 나오지 않는다는 게 사실일지도 모른다. 그때의 나는 「앗」이란 말을 내뱉고 다른 말을 하지 못했다.

어제는 마을 인사로 도망쳤지만 오늘은 도망칠 수 없다.

즉, 오늘은 저번에 입었던 수영복과는 다른 것을 입어야 한다는 뜻이다. 심지어 셰리의 말에 의하면 매일 바다에 갈 때마다 다른 수영복을 보고 싶다고 했다.

다행인 것은 수영복의 종류가 많아 고를 수 있다는 것이다.

나는 침대 위에 수영복을 나열했다. 내 수영복을 고르는 기준은 어느 것을 입고 싶지 않은가에 달려 있다. 그렇게 되면 필연적으로 입을 만한 수영복은 줄어갔다. 그리고 남겨진 수영복은 흰색과 검은색을 사용한 원피스가 되었다.

그리고 첫날 피나가 고른 비키니보다 노출도는 낮다.

이거라면 배도 숨길 수 있으니 문제없다.

오해할까 봐 말해두지만 근육량이 적은 것뿐이지 배가 나왔다는 게 아니다.

그렇지만 말랑말랑한 팔뚝 같은 곳을 만지면 조금은 몸을 단련시키는 편이 나을까 고민된다. 과거에 몇 번이나 근육 트레이닝에 도전했지만 길게 이어진 적이 없다.

곰 장비를 입은 채 근육 트레이닝을 할 수 있다면 좋을 텐데. 그런 건 가능할 리 없어서 나는 작게 한숨을 내쉰다.

원피스 수영복으로 갈아입은 내가 언제나처럼 손과 발에 곰 장비를 착용하고 방에서 나오자 수영복으로 갈아입은 피나와 슈리가 기다리고 있었다.

피나는 프릴이 달린 귀여운 수영복이었고 슈리는 곰 수영모를 쓰고 있다. 여기서는 보이지 않지만 슈리의 수영복 엉덩이에는 꼬리가 있을 거다.

"유나 언니, 저번 수영복이랑 달라."

"정말이네요."

두 사람이 내 수영복을 봤다.

“셰리가 다른 수영복 차림도 보고 싶다고 해서.”

“후후, 유나 언니는 친절하시네요.”

“모처럼 만들어 줬는데 안 입으면 미안하잖아.”

나도 다른 수영복을 입는 건 꺼려진다. 하지만 열심히 여러 수영복을 만들어 준 셰리에게 부탁을 받았으니 항상 부탁만 하는 나로서는 거절할 수 없었다.

“그 수영복도 귀여워서 잘 어울려요.”

“고마워.”

인사치레로 받아들이고 우리는 곰 빌딩을 나섰다.

피나 자매와 바다로 가자 아이들은 해변에서 즐겁게 놀고 있었다.

곰 방갈로에서는 원장 선생님과 모린 씨가 즐겁게 담소를 나누고 있었다.

평소에 함께 지내는 조합이 아니라서 신선하게 느껴진다.

“유나 언니, 그 수영복은…….”

해변에서 놀던 셰리가 달려왔다. 가슴 부분에 『셰리』라고 적힌 학교 수영복을 입고 있다.

“그게, 오늘은 이걸 입어 봤는데.”

셰리가 지긋이 바라봤다. 조금 창피하다.

“그제 입었던 수영복도 어울렸지만 그 수영복도 잘 어울리네요.

피나랑 슈리도 그렇게 생각하지?"

셰리는 옆에 있는 피나와 슈리에게 동의를 구했다.

"응, 유나 언니, 잘 어울려요."

"유나 언니, 예뻐."

"고, 고마워."

내 얼굴은 굳어져 있을지도 모른다.

평소에도 평가가 후한 세 사람이다. 정말로 잘 어울리는지는 의문이지만 셰리가 기뻐하니 괜찮겠지. 셰리는 내 수영복을 보고 「여기는 바꾸는 게 나았을까?」라거나 「유나 언니에게는 다른 색도 좋겠네」라는 둥 여러 가지로 중얼거렸다.

안즈 일행의 앞치마에 곰 자수를 부탁했을 때는 자신감이 없던 여자아이였는데, 재봉실에서 일하기 시작한 뒤로 바뀐 모양이다. 좋은 일이라고 생각하지만 예전의 셰리가 그립기도 하다.

수영복을 본 셰리는 만족했는지 모두가 있는 곳으로 돌아갔다.

"그런데 유나 언니. 도와달라는 일은 뭐예요?"

"피나랑 슈리가 확인을 해주면 좋을 것 같아."

두 사람에게는 어떤 것을 만들 생각이니까 처음에 시험을 해주면 좋겠다고 부탁했다.

"확인이요?"

피나가 작게 고개를 갸웃거린다.

나는 피나와 슈리를 데리고 아이들이 노는 모래사장에서 조금 떨어진 위치로 이동했다.

이 부근이면 괜찮을까?

주위에는 방해가 될 만한 것도, 사람도 없다.

나는 바다를 향해 서서 커다란 곰을 해변에 만들었다. 곰은 바다 쪽을 향한 채 두 발로 섰다. 물론 곰의 모습은 데포르메 되어 있다. 그리고 곰으로 만든 이유는 강도가 단단해지기 때문이다.

"곰님이다."

"크네요."

슈리와 피나가 커다란 곰을 올려다봤다.

나는 곰으로 다가가 곰 발의 뒷부분에 구멍을 뚫어 안으로 들어갔다. 곰의 안은 비어 있었다. 안이 어두워서 빛의 마석을 꺼냈다. 곰 얼굴을 띈 빛의 마석이 곰의 몸속을 비췄다.

곰 안을 밝힌 나는 나선형 계단을 머리 위치까지 만들었다. 그리고 계단을 올라가 곰의 배 위치에 구멍을 뚫었다. 눈앞에 바다가 펼쳐졌다. 다음으로 나는 바다를 향해 미끄럼틀을 만들었다. 마지막으로 미끄럼틀의 출발 지점에 물의 마석을 붙여 마석에서 물을 내보내면 워터 슬라이드가 완성된다.

"피나, 한번 타볼래?"

뒤의 계단 쪽에서 내 행동을 보고 있던 피나에게 부탁했다. 그러자 피나의 옆에서 슈리가 얼굴을 내민다.

"유나 언니, 이건 뭐야?!"

"이건 워터 슬라이드라고 해서 미끄럼틀을 타고 노는 거야."

"미끄럼틀?"

"응, 여기에 앉아서 바다를 향해 미끄러지면서 내려가는 거지."

"나 해볼래."

"그래, 괜찮아."

피나에게 부탁했지만 슈리가 미끄럼틀을 타보고 싶어 하기에 허락했다.

"슈리, 잠깐 기다려."

피나는 슈리를 저지하려 했는데 이미 늦어버렸고 슈리는 미끄럼틀에 앉아 내려가기 시작했다. 피나가 소리쳤지만 슈리는 무사히 내려가서 바다 안으로 들어갔다. 제대로 규칙을 지키고 놀면 위험한 일은 없으니 그렇게 걱정할 건 없다.

슈리는 바닷물에서 나오더니 계단을 엄청난 속도로 올라왔다.

"유나 언니, 한 번 더 타도 돼?"

흠뻑 젖은 슈리가 대단히 즐거운 표정으로 묻는다. 머리카락에서는 물이 떨어지고 있다.

아무래도 슈리는 마음에 든 모양이다.

"이 위에도 만들 테니까 잠시 기다려."

나는 나선형 계단의 위로 올라가 곰의 머리 위치까지 올라갔다.

음, 입은 이 부분인가?

배와 똑같이 곰의 입에 구멍을 뚫었다. 배 위치보다 높아져서 전경도 좋다. 곧바로 나는 곰의 입을 스타트 지점으로 두고 워터 슬라이드를 만들었다. 이쪽은 상급자 전용으로 커브를 만들거나 곡선으로 만들고, 경사면을 만들었다. 물론, 도중에 튕겨 나가지 않도록 안전 대책도 잊지 않는다.

마지막으로 물의 마석을 설치하고 완료.

"피나, 이리 와."

피나에게 말하자 피나와 슈리가 다가왔다. 높은 탓인지 피나는 조금 무서워했다.

"내가 타고 싶어!"

슈리가 손을 들었지만 피나가 「내가 위험한지 아닌지 확인해야 하니까, 먼저 탈게」라고 말했다.

안전 대책도 마련했으니 위험하진 않을 텐데 여동생이 걱정되나 보다.

"그럼, 여기에 앉아."

나는 피나의 어깨를 잡고 앉혔다.

"유, 유나 언니, 자, 잠깐만 기다려주세요."

"일어서면 안 돼."

"누, 누르지 마세요."

나는 무서워하는 피나의 등을 살짝 밀었다. 피나는 비명을 지르며 워터 슬라이드를 미끄러져 간다. 커브를 꺾거나 나선을 빙글빙

글 돌고 경사면을 통과해 바다에 입수했다.

응, 좋은 느낌이네.

피나는 몸을 일으키고 나를 향해 화를 냈다. 아무래도 등을 민 것에 화가 난 모양이다.

"유나 언니, 나도 타고 싶어."

"그럼 제대로 앉아야 해. 절대로 도중에 일어서면 안 된다."

"응!"

슈리를 워터 슬라이드에 앉히자 피나와 달리 스스로 미끄럼틀을 탔다. 교대로 피나가 찾아왔다.

"으~ 유나 언니, 너무해요."

"재미없었어?"

"조금 무서웠지만 재미있었어요. 그래도, 마음의 준비는 필요했어요."

모처럼 만든 거니 나도 한 번은 타보기로 했다. 위험한지 스스로 확인하지 않으면 아이들을 태울 수 없기 때문이다.

곰 신발을 곰 박스에 담고 워터 슬라이드에 앉는다. 물이 엉덩이 아래로 흘렀다. 그리고 기세 좋게 미끄럼틀을 타기 시작했다.

오오, 좌우로 흔들리고 빙글빙글 나선을 돌고 마지막으로 경사가 졌고 입수했다. 얼굴에 물이 끼얹어진다.

첫 경험이었지만 재미있었다. 조금 더 높은 것도 좋겠다. 하지만 나이가 어린 아이가 많아서 이번에는 이것으로 충분하다.

나머지는 곰 안이 어두워서 곰 눈에 구멍을 뚫어 바깥 빛이 들어오도록 했다.

응, 이걸로 완성이네.

386 곰 씨, 워터 슬라이드로 놀다 (4일 차)

내가 만족스럽게 곰 워터 슬라이드를 바라보고 있는데 카린 씨와 네린이 아이들을 데리고 다가왔다.

"유나 씨, 이게 뭐죠?"

카린 씨가 곰 워터 슬라이드를 보며 묻는다.

"워터 슬라이드라고 미끄럼틀 타면서 노는 기구예요."

"워터 슬라이드?"

"직접 보시는 편이 빠를 거예요."

"피나, 한 번 더 타볼래?"

"네."

"나도 갈래!"

피나와 슈리가 곰 안으로 들어가 계단을 올랐다. 그리고 곰의 배에서 피나가 나타났고 입이 있는 곳에서 슈리가 나타났다.

피나는 곰의 배에서 이어진 미끄럼틀에 걸터앉더니 바다를 향해 미끄러져 내려왔다. 그대로 풍덩 하고 바다에 빠진다.

"나도 간다!"

슈리가 곰의 입 위에서 커다란 목소리로 외치더니 미끄러져 내려왔다. 슈리의 몸은 좌우로 흔들리며 빙글빙글 나선을 돌고 마지막으로 경사를 타고 내려와 피나와 똑같이 바다에 풍덩 빠졌다.

"재밌는 걸 만들었네요."

"유나 언니, 나도 타보고 싶어."

"나도."

"나도."

아이들이 피나 자매가 즐거워하는 모습을 보고 한꺼번에 말했다.

원래 모두를 위해 만든 거라서 놀아주는 건 문제없다. 하지만 감시를 할 사람은 필요하다.

루리나 씨와 길도 다른 아이들을 데리고 찾아와서 감시 역할을 부탁하고 타는 방법을 알려줬다. 절대로 일어서지 말 것. 뛰지 말 것. 순서를 지킬 것. 위험하게 타지 말 것. 앞의 사람이 다 내려간 뒤에 탈 것 등의 설명을 했다.

"유나 씨, 우리도 타도 되죠?"

카린 씨와 네린이 눈을 반짝이고 있다.

"괜찮아요."

"그럼 내가 위험하지 않은지 첫 번째로 타볼게."

"카린 언니 치사해. 그러면 내가 두 번째야."

"카린 언니도 네린 언니도 너무해."

"자자, 조용해야지. 딱히 도망가지 않으니까 순서대로 타자. 약속 안 지키면 부순다."

나의 「부순다」라는 말에 카린 씨와 네린만이 아니라 아이들도 점잖게 변했다.

"그럼, 다들 갈까."

"네~."

카린 씨와 네린은 아이들을 데리고 곰 워터 슬라이드 안으로 들어간다.

그리고 곰의 입에서 카린 씨가 나타나 미끄럼틀을 탄다. 「우와아」라거나 「꺄아」라고 소리치며 미끄러져 내려와 마지막엔 바다에 빠졌다.

"유나 씨, 엄청 재밌네요."

"그렇다면, 다행이네요."

그런 뒤 네린과 아이들도 즐거운 소리를 지르며 미끄럼틀을 탔다.

미끄럼틀은 두 개가 있어서 줄을 길게 서지 않아도 순서가 돌아왔다. 유치원 정도의 아이는 곰의 배에서 이어진 미끄럼틀에서 놀게 하고 초등학생 이상의 아이는 상급자를 위한 입에서 나오는 미끄럼틀에서 놀고 있다.

아이들은 「꺄~ 꺄~」 하며 소리쳤다. 이렇게 보니 평화롭군. 도무지 마물이 있는 세계로는 생각되지 않는다.

어떤 아이가 계단을 뛰어올라서 길에게 천천히 올라가도록 주의를 받았다.

굴러서 다치기라도 하면 큰일이니까.

안즈와 세노 씨 일행도 찾아와 놀기 시작했다.

그런 와중에 루리나 씨는 당황스럽다는 듯 곰 워터 슬라이드를 보고 있었다.

"마법을 이런 곳에 쓰다니 믿기지 않고, 간단하게 만들어내는 유나의 마력에 질투가 날 정도야."

마법사인 루리나 씨가 그런 감상을 토로했다.

움직이는 섬에 가려고 모두의 눈을 돌리기 위해 워터 슬라이드를 만들었지만, 모두가 기뻐하는 모습을 보니 만들길 잘했다는 생각이 든다.

게다가 루리나 씨도 「안즈에게 감시 역할을 부탁하고 나도 놀아볼까」 하고 말한 뒤 워터 슬라이드 안으로 들어갔다.

이것으로 모두의 시선이 곰 워터 슬라이드로 향했다.

노아 일행도 없고 상황을 보다가 빠져나가서 움직이는 섬으로 갈까 생각하고 있는데, 옆에서 누군가가 나의 손을 붙잡았다. 옆을 보니 슈리와 피나의 모습이 있었다.

설마, 알아차렸나?

"유나 언니도 같이 놀자."

"그게…… 나는 괜찮아."

같이 놀면 수수께끼의 섬에 갈 수 없게 된다.

"오늘은 같이 놀기로 약속했잖아."

"맞아요, 유나 언니. 같이 놀아요."

두 사람은 내 손을 양옆에서 잡아당겼다.

슈리와 피나에게 부탁을 받으니 거절할 수 없다. 무르다고 할 수도 있지만 두 사람의 손을 뿌리치면서까지 수수께끼의 섬에 가고 싶지는 않다. 그렇다고 해서 섬에 안 갈 수는 없지만…….

그러니 나는 두 사람에게 이렇게 말했다.

"잠깐만이야."

"응!"

"네!"

두 사람은 기쁘게 대답했다.

그렇지만 그 약속은 다른 이유로 정말 잠깐만이 되었다.

그렇다. 자신의 체력의 약함을 고려하지 않았다.

우리는 아이들에 섞여서 곰 워터 슬라이드에 줄을 섰고 피나 자매와 함께 미끄럼틀을 탔다.

내가 만들었지만 의외로 재밌다.

어릴 적에 경험해보지 못한 것도 한몫했을까?

피나와 슈리에게 몇 번이나 「한 번 더」라고 부탁을 받아 계단을 오르고 워터 슬라이드를 탔다.

나도 재밌어서 거절하지 않았다.

그렇지만 내게는 몇 번이나 나선형 계단을 오를 체력이 없었다.

곰 신발이 없는 나의 다리가 그 고행을 견뎌낼 리 없어 곧바로 굳어버렸다.

"유나 언니, 괜찮아?"

슈리에 의해 손이 당겨지는 나.

더는 계단을 오를 수가 없다. 다리의 한계다. 다리가 욱신욱신 했다.

그런 내 눈앞에서는 아이들이 활기차게 계단을 뛰어가듯 오르고 있다.

항상 생각하는 거지만 아이들의 체력은 대단하단 말이지. 내 체력은 애들보다 못하다.

나는 곰 방갈로에서 쉬기로 했다.

피나와 슈리는 아직 놀고 싶어 해서 「놀아도 돼」라고 말한 뒤 휘청거리며 혼자서 곰 방갈로로 돌아왔다. 그리고 곰 방갈로 안에 쓰러졌다.

"후후, 유나 씨, 수고했어요."

원장 선생님이 미소를 짓고 차가운 물이 든 컵을 건네줬다. 나는 감사 인사를 하며 받아들었다. 원장 선생님 옆에는 놀다 지친 어린아이들이 쉬고 있다.

"그건 그렇고, 유나 씨는 대단해요. 손쉽게 저런 커다란 걸 만들 수 있다니."

"원장 선생님 쪽이 대단한걸요. 친인척도 아닌 아이들을 보살펴 주다니, 간단하게 할 수 있는 게 아니에요."

내 힘은 신님에게서 받은 것이다. 그렇지만 원장 선생님의 행동은 자신의 의지에서 나온 것이다. 비교하는 것 자체가 말이 안된다. 대단함의 방향성이 다르다. 원장 선생님은 자신에게 힘이 없어도 아이들에게 손을 내밀었다. 만약 나에게 힘이 없었다면 고아원에 손을 내밀어주지 못했을 수도 있다. 자신에게 여유가 없다면 타인을 신경 쓸 수 없다. 그렇게 생각하면 원장 선생님은 대단하다.

"후후, 그렇지 않아요. 유나 씨가 없었더라면 저 아이들은 저렇게 웃는 얼굴을 지을 수 없었을 거예요. 그러니 유나 씨에게는 감사하고 있어요."

새삼 칭찬을 받으니 창피했다. 나는 원장 선생님이 준비해준 물을 한 번에 다 마셔버리고 쑥스러움을 털어냈다.

그런 뒤 원장 선생님으로부터 다시 한 번 새를 돌보는 일과 가게 일에 관해 감사 인사를 받았고, 여행에 데리고 와준 것에 대한 감사 인사를 받기도 했다. 나는 감사 인사를 받을 때마다 「더 이상 칭찬하지 말아 주세요」라고 소리치고 싶었다.

나는 움직이는 섬에 가는 건 보류하고 원장 선생님과 모린 씨와 대화를 나누며 점심 식사 준비를 도왔다.

점심을 먹은 아이들은 놀던 피로가 몰려오는지 낮잠을 자는 아이가 생겼다.

이런 모습을 보니 아이는 아이구나 싶었다.

리즈 씨, 니프 씨도 아이들을 상대하느라 지쳤는지 같이 자고 있다.

내가 곰 방갈로에서 자는 아이들을 보고 있는데 점심 식사 정리를 마친 카린 씨와 네린이 다가왔다.

“많이 놀고 많이 먹어서 잠이 들었네.”

“아이들이 너무 활기차니까.”

“두 사람 모두 즐기고 있어요?”

“네, 즐겁네요.”

“이렇게 노는 건 오랜만인 것 같아.”

“처음엔 이런 복장으로 노는 건 창피하다고 생각했는데 다 같이 입고 있으니까 괜찮네.”

“그리고 여자아이만 있으니까.”

“길 씨에게 보이는 건 창피하지만…….”

성인 남자는 길밖에 없다. 그렇게 생각하면 이 상황은 길의 하렘 상태인 거네.

그런 길은 루리나 씨와 함께 아직 쌩쌩한 아이들을 상대하고 있다.

정말로 두 사람이 와줘서 다행이다.

“저 워터 슬라이드라고 했던가? 엄청 재미있어요.”

“나는 벌써 몇 번이나 타버렸지 뭐야.”

“안전하게 만들었어도 일어서거나 장난을 치면 위험하니까. 두 사람도 아이들을 지켜 봐줘요.”

두 사람은 알겠다고 대답한 뒤 바다로 놀러 갔다.

상황을 지켜보다가 움직이는 섬으로 가려고 생각하고 있는데 곰 방갈로 밖에서 소리치는 목소리가 들렸다.

"이게 뭐죠!"

목소리가 들린 쪽을 보니 노아 일행이 곰 워터 슬라이드를 보고 있었다.

"노아?"

"유나 님, 저건 뭔가요?!"

"워터 슬라이드라고 하는데 미끄럼틀을 타며 노는 거야."

노아는 워터 슬라이드와 나를 번갈아 봤다.

"어째서 제가 없을 때 만든 건가요. 괴롭히시는 거예요? 일부러 그러시는 거죠?"

"그럴 리가 없잖아. 다 같이 즐겁게 놀아주길 바라서 만든 것뿐이야."

움직이는 섬에 가기 위해 모두의 주의를 끌려고 만들었다고는 말 못한다.

"그렇다고 해도 제가 마을을 구경하고 있는 동안에 만드는 건 아니죠."

"그래도 빨리 왔네. 마을 산책은 괜찮았니? 클리프 씨나 그란 할아버지가 둘러보고 오라고 하셨다며."

"점심에는 돌아올 거니까 같이 놀아요, 라고 말했던 것 같은데요……."

아, 그런 말을 했었던 것 같기도 하다.

"미사, 언니, 우리도 옷 갈아입고 놀아요."

노아 일행은 곰 방갈로에 들어와 탈의실로 옷을 갈아입으러 갔다.

"유나, 우리는 조금 쉬어도 되지?"

마리나와 엘은 조금 지친 표정을 지었다.

노아 일행 호위로 피곤한 건가?

"괜찮은데, 나중에 루리나 씨 쪽이랑 교대해주면 좋을 것 같아요."

"알겠어."

"나중에 교대하러 갈게."

마리나와 엘은 앉아서 쉰다.

노아 일행이 수영복으로 갈아입고 다가왔다.

이건 따라가 줘야겠지.

나는 노아 일행과 함께 함께 곰 워터 슬라이드로 향했다.

"어떻게 노는 거예요?"

"보이는 것처럼 미끄럼틀이 만들어져 있으니까 계단을 올라서 앉아서 타기만 하면 돼."

여자아이가 미끄럼틀을 타고 내려오던 참이었다.

"그렇게만 하면 되는 거죠?"

"그리고 위험하니까 일어서거나 소란을 피우면 안 된다. 물론, 새치기하는 것도 안 돼."

"안 해요. 그럼 미사, 언니, 가볼까요. 물론 유나 님도."

나는 노아에게 이끌려 올라갔고 그 뒤를 미사와 시아가 따라왔다.

곰 방갈로에서 낮잠을 자는 아이가 많아서인지 곧바로 순서가 돌아왔다.

"높네요."

"그러게요."

"여기서 보이는 경치도 예쁘네."

세 사람은 곰 입에서 바다를 바라본다.

"그럼, 누구부터 갈 거예요?"

"높으니까 조금 무섭네요."

"그러면 언니인 나부터 갈게."

"언니, 파이팅이에요."

"시아 언니, 조심하세요."

"다녀올게."

시아는 손을 흔들더니 미끄럼틀을 타기 시작했다.

몸이 좌우로 흔들리고 빙글빙글 나선을 돌아 마지막으로 경사를 기세 좋게 꺾어서 바다로 입수했다.

바다에 도착한 시아는 곧바로 몸을 일으켜 우리를 향해 손을 흔들었다.

"다음은 제가 갑니다!"

노아가 미끄럼틀에 앉아 한 번에 타고 내려가 깔끔하게 입수했다. 그리고 곧바로 몸을 일으켜 「미사도!」라고 외쳤다.

미사도 미끄럼틀을 타고 내려가서 무사히 바다에 도착했다.

"유나 님, 재밌어요."

"재밌네요."

"학원 수영장에도 있으면 좋겠어."

서로 곰 워터 슬라이드의 감상을 말했다.

그런 뒤 피나와 슈리도 합류하여 내가 쓰러질 때까지 함께 놀았다.

387 곰 씨, 발각되다 (4일 차)

나는 또 다시 곰 방갈로에서 쓰러져 있다.

피나와 노아 일행과 놀아주다 보기 좋게 체력이 고갈됐다.

슈리와 피나, 노아에 미사, 게다가 시아마저 쓰러진 나를 걱정스럽게 바라본다.

"괜찮아. 조금 지쳤을 뿐이야."

"유나 씨, 저를 호위해주실 때 블랙 타이거와 울프를 쓰러뜨렸던 멋진 유나 씨와, 저를 위해 르튬 님과 겨뤘던 강한 유나 씨는 어디로 간 건가요."

쓰러져 있는 나를 보며 시아가 신기하게 쳐다봤다.

그렇지. 시아는 내가 싸우는 모습을 본 적이 있는 극히 일부의 인물이다. 블랙 타이거와의 싸움을 본 시아가 봤을 땐 이상하게 여겨지는 건 어쩔 수 없다.

그렇다고 해서 「그때는 곰 장비가 있었으니까 그렇지」라고는 말할 수 없다.

"그때는 마력으로 몸을 강화했거든."

곰 님이 없으면 무력한 존재란다.

"그런 거였나요?"

"그래서 놀 때는 평범하게 놀 생각이었는데……."

이 모양이다.

나는 잠시 쉴 테니 5명은 놀고 오라고 말했다.

5명은 서로의 얼굴을 보며 고민하기 시작했다. 내가 「지친 것뿐이니 괜찮아」라고 말하자 5명은 워터 슬라이드로 놀러 갔다.

동행에는 마리나와 엘이 따라가 줬기에 두 사람에게 맡기기로 했다.

움직이는 섬에 가기 위해 곰 워터 슬라이드를 만들었는데, 함께 놀게 되어 이렇게 지칠 줄을 꿈에도 몰랐다.

하지만 다들 놀러 나간 지금이 기회다.

나는 몸을 일으켰다.

위기는 기회라고들 하지 않는가.

나는 곰 박스에서 곰 인형 옷을 꺼내 곰 장비를 뒤집어쓴다.

그리고 신성수 차를 꺼내 마신다. 효과가 있을지 모르겠지만 안 마시는 것보다는 피로가 풀릴 거다.

기분 탓인지도 모르지만 피로가 풀리는 느낌이 든다.

나머진 발각되지 않도록 곰 방갈로를 빠져나가는 것 뿐.

“유나 씨, 어디 가려고요?”

곰 방갈로에 남겨져 있던 원장 선생님이 말을 건넸다.

모린 씨도 나를 쳐다보고 있다.

“잠시 가보고 싶은 곳이 있어서 다녀오려고요. 아이들은 부탁드릴게요.”

“네, 조심해서 다녀와요.”

“그래도 저녁 시간까지는 돌아와야 해.”

뒷일은 원장 선생님과 모린 씨에게 맡기고 곰 방갈로를 나서기 위해 입구를 바라보니 피나와 슈리 두 사람의 모습이 있었다.

“어, 어째서, 피나랑 슈리가 이곳에? 다 같이 놀러 갔던 거 아니야?”

두 사람의 등장에 나는 당황했다. 분명히 방갈로를 나가는 걸 확인했다. 그런데 어째서 있는 거지?

“슈리가 화장실에 가고 싶다고 해서 돌아왔어요.”

화장실로 달려가는 슈리의 모습이 보였다.

밖에서 실례하지 않아서 다행이지만 타이밍이 안 좋다.

“유나 언니는 어디 가시려고요?”

피나라면 사실을 말해도 괜찮을 거다. 하지만 슈리가 이야기를 들으면 따라가고 싶다고 말할 것 같다. 어쩌면 좋을지 고민하고 있는데 다른 곳에서 말소리가 들렸다.

“유나 씨는 혼자서 어디 가신다나 봐.”

목소리가 들린 곳을 보니 냉장고 앞에서 음료를 마시고 있는 시아의 모습이 있었다.

“어째서 시아까지?”

“놀러 가기 전에 수분 보충을 하러 왔어요. 그랬더니 유나 씨가 곰 옷차림으로 갈아입기 시작했죠.”

……못 알아차렸다. 분명 노아와 함께 바다에 갔을 거라고 생각했다.

그러면 시아는 옷을 갈아입는 장면을 보고 원장 선생님과의 대화까지 다 들었다는 이야기가 된다.

"으으……."

"유나 언니, 어디 가?"

이번엔 화장실에서 돌아온 슈리가 물어봤다.

으으, 이 이상의 거짓말은…….

이미 곰 옷차림으로 갈아입기도 했고 원장 선생님과의 대화 내용도 들켰다. 얼버무릴 말이 나오지 않는다.

"유나 언니, 같이 안 노는 거야?"

슈리가 순진무구한 눈으로 나를 봤다. 이것이 겐츠 씨가 당한 눈이다. 이 눈을 보면 거짓말을 내뱉을 수 없다. 나는 견디지 못하고 슈리에게서 시선을 피했다. 하지만 도망친 곳에는 피나가 있었다.

"설마, 갑자기 나타났다는 섬에 가려는 거예요?"

"어, 어째서, 그걸?!"

피나에게 들켜서 나는 놀랐다.

"역시."

나는 입을 막았지만 때는 이미 늦었다.

"그야, 유나 언니는 쿠로 할아버지에게 섬에 관해서 흥미롭다는 듯이 물어봤잖아요. 게다가 배 위에서도 섬이 있는 곳을 물었죠. 그리고 노아 님이 섬에 관해 이야기하니까 어물쩍 넘어가기도 했고 말이에요."

피나가 이유를 순서대로 나열했다. 피나에게는 훤히 보였던 모양이다. 그런데 그렇게 얼굴에 드러나 있었나?

포커페이스에는 소질이 있다고 생각했는데. 나는 양쪽 곰 인형 장갑으로 볼 근육을 풀었다.

"피나가 말한 대로 잠시 섬을 보러 다녀올까 했었어. 그런데 다들 섬에 가보고 싶다고 하면 곤란하니까 조용히 가려고 했던 거야. 섬에 뭐가 있을지 모르니까 말이야."

만약 내가 가겠다고 말을 꺼내면 노아는 「저도 가고 싶어요」라고 말했을 거다.

"그래서 잠시 섬에 다녀올 건데. 모두에게는 비밀로 해줘."

특히 노아에게는, 이라며 마음속으로 덧붙였다.

"어부들 사이에서 소문이 난 섬 말이군요. 유나 씨, 저도 따라가도 돼요?"

"……?!"

"저기, 시아? 내 이야기 들었니?"

"그렇지만, 재미있을 것 같아서 누구라도 가고 싶어 할걸요."

이 부분은 역시 자매라고 해야 하나, 시아도 그런 말을 꺼냈다. 그렇게 되자 필연적으로 「나도 가고 싶어」라고 슈리가 말을 꺼낸다.

나는 도움을 청하듯 피나를 바라봤다.

하지만 피나는 내 안색을 살피며 「저도 따라가도 돼요?」라고 말했다.

"게다가 슈리를 두고 가면 노아 님에게 들킬 거예요."

"슈리가 이야기하지 않으면 내가 말할지도 모르지만……."

시아가 작은 소리로 장난스럽게 말했다.

나의 편은 한 명도 없다.

하지만 피나가 그런 말을 꺼내는 건 드문 일이다. 평소라면 슈리를 말리는 역할인데…….

"그, 유나 언니랑 같이 놀고 싶어요."

그런 말을 들으면 거절할 수 없다.

나는 작게 한숨을 내쉬었다.

"……모두에게는 비밀이야."

"야호~."

"네!"

"아무한테도 말하지 않을게요."

나는 한 번 더 한숨을 내쉰다.

워터 슬라이드를 만들고 모두의 관심을 그쪽으로 쏠리게 만든 뒤 출발하는 작전은 실패로 끝났다. 그래도 절반은 성공했다고 자신을 납득시켰다.

"그리고 내 지시에는 따라야 한다."

곰돌이와 곰순이도 있고 탐지 스킬도 있다. 게다가 위험한 일이 생기면 곰돌이와 곰순이에 태워서 세 사람을 대피시키면 된다.

"그런데, 그 차림으로는 못 데리고 가니까 갈아입고 와."

세 사람의 수영복 차림을 봤다. 아무리 그래도 수영복 차림으로 모래사장 이외의 장소를 걸을 수는 없다.

나는 사복으로 갈아입힌 피나 일행을 데리고 모두에게 들키지 않도록 곰 방갈로를 뒤로했다.

자, 문제는 어느 쪽에서 가느냐다. 곰돌이와 곰순이를 타고 갈 생각인데. 이곳에서부터 출발하면 아이들에게 발각될 거다.

원래는 항구에서 출발하는 게 가장 좋지만, 어부들도 있을 테고 항구 근처 모래사장에서는 우리 이외의 지역 주민들과 여행객이 놀고 있다. 그런 사람들의 눈이 있는 장소에서 곰돌이와 곰순이를 타고 갈 수는 없다.

한 번 마을에서 벗어나는 편이 좋을지도 모른다. 나는 피나 일행을 데리고 마을 밖으로 향했다.

"어라, 유나 씨, 항구로 안 가요?"

항구로 향하지 않고 마을 밖으로 향하는 나에게 시아가 물었다.

"안 가. 아무에게도 들키지 않게 갈 거거든. 한 번 마을에서 벗어나고 그런 뒤 곰돌이와 곰순이를 타고 섬으로 향할 거야."

"곰돌이랑 곰순이를 타고 가나요? 하지만 그러면 옷이 젖을 거예요."

"그러면 옷을 벗고 수영복 차림으로 가면 되지 않아? 다들 옷 안은 수영복 차림이잖아. 옷은 아이템 봉투에 넣고 가면 될 거고."

피나의 말을 들은 시아는 그렇게 말하고 자신의 치맛자락을 잡았다. 옷 안에는 수영복 차림이다. 서두르고 있었기 때문에 모두에게는 수영복 위에 옷을 입으라고 했다.

헤엄치는 곰돌이와 곰순이를 타면 젖을지도 모르지만 이번엔 스킬을 써서 바다 위를 달려갈 생각이다. 바다 위를 달리면 옷이 젖을 일은 없다. 하지만 곰돌이와 곰순이가 바다 위를 달리는 것을 알려도 되는지 고민된다.

세 사람은 곰돌이와 곰순이가 소환수라는 사실을 알고 있기도 하고 꼬맹이화 할 수 있다는 사실도 알고 있다. 이제 와서 물 위를 걸을 수 있다는 걸 알아도 아무렇지 않겠지?

마을 밖으로 나서기 위해 문 근처에 다다르자 언제나처럼 문지기 남성이 있다.

"아가씨들, 마을 밖으로 나가는 건가?"

"잠시만 나갔다 오려구요."

"뭐, 아가씨가 있으면 걱정 없겠지만 조심해야 한다."

나는 세 사람을 데리고 마을을 나섰다. 그리고 곰돌이와 곰순이를 소환했다.

"그럼, 세 사람 모두 올라타. 피나랑 시아. 나랑 슈리야."

체격적으로 이 조합이 베스트다. 인형 옷차림의 내가 자리를 가장 많이 차지하니까 가장 작은 슈리와 함께 타는 편이 좋다.

곰돌이에는 피나와 시아가 타고 곰순이에는 나와 슈리가 탔다. 우리를 태운 곰돌이와 곰순이는 달리기 시작했고 마을에서 멀어졌다. 그리고 한동안 나아가자 크라켄과 싸웠던 언덕이 보였다.

"곰?"

"곰 님이 바다 안에 있네."

"정말이네요. 곰 님이 있어요."

크라켄을 감싸고 놓치지 않으려 했을 때 만들었던 곰 석상이다. 쿠로 할아버지에게 부탁을 받아서 그대로 남겨두었다. 세 사람은 바다 안에 있는 곰 석상을 신기하게 쳐다봤다.

이곳에 이것이 있다는 사실을 까맣게 잊고 있었다.

"혹시, 저 곰 님은 유나 씨가 만든 건가요?"

시아가 물어온다.

곰 = 나라고 생각하니까 그렇게 생각하겠지.

뭐, 실제로 내가 만들기도 했고…….

여기서 부정해도 믿어주지 않을 거라는 건 안다. 그러니 지금은 입단속을 부탁하는 편이 낫겠지.

"응, 모두에게는 비밀로 해줘."

노아와 아이들에게 알려지면 분명히 보러 가고 싶다고 할 거다.

"그리고 만든 이유는 비밀이야."

묻기 전에 선수를 쳤다.

물으려 했던 시아는 「아쉽네요」라고 말했다.

그리고 언덕 근처까지 다다랐다. 세 사람은 여전히 바다에 있는 곰을 보고 있다. 그래도 출발하는 건 여기가 딱 좋을지도 모른다. 저 멀리 미릴러 마을이 보이지만 여기서 뭐를 하는지는 모를 거다. 마을에서 본다면 쌀 한 톨 정도로밖에 안 보일 거다.

"그럼, 이제부터 섬으로 향할게."

"유나 언니, 옷을 벗지 않으면 옷이 젖을 거예요."

"괜찮아. 이번 일은 전부 비밀이야. 곰돌아, 곰순아 부탁할게."

곰돌이와 곰순이는 「「크~응」」 하고 울더니 바다를 향해 뛰었다.

"옷이!"

"……!"

"……?!"

곰돌이와 곰순이는 바다에 뛰어들지 않고 바다 위를 달리기 시작했다.

388 곰 씨, 수수께끼의 섬에 상륙하다 (4일 차)

피나 일행은 소리를 질렀지만 곰돌이와 곰순이는 바다에 뛰어들지 않고 파도가 일렁이는 바다 위를 달렸다. 물웅덩이 위를 뛰는 느낌이 아니라 정말로 지면을 달리는 것처럼 수면을 달렸다.

"고, 곰순이가 바다 위를 달리고 있어!"

슈리가 처음으로 곰돌이와 곰순이를 탔을 때처럼 크게 기뻐했다. 피나와 시아는 놀라서 목소리도 내지 못하고 있다. 바다에는 가로막는 것이 아무것도 없다. 배도 없다. 곰돌이와 곰순이는 파란 하늘 아래, 파란 바다 위를 달렸다.

나는 어딘가에서 사람이 볼 수도 있으니 곰돌이와 곰순이에게 육지에서 떨어지도록 지시를 내렸다.

"유나 언니! 곰돌이와 곰순이가 바다 위를 달리고 있어요. 어떻게 된 거예요!"

정신을 차린 피나가 질문했다.

"곰돌이와 곰순이의 능력이야. 세 사람 모두 이 사실은 비밀로 해줘."

"아무에게도 말 안 할게요. 그런데, 바다 위를 달리다니 믿기지 않아요."

"곰돌이와 곰순이가 작아지는 것도 놀라운데, 이번 것도 놀랐어요."

피나와 시아가 바다 위를 달리는 곰돌이와 곰순이를 보고 그런 감상을 꺼낸다.

"그래도 이런 걸 할 수 있으면 처음부터 말씀하시지. 바다에 뛰어드는 순간 심장이 멎는 줄 알았어요."

"옷이 젖을 거라 생각했지."

"그래도 물보라로 조금 젖을지도 모르니까 조심해."

그렇게 말해도 어떻게 조심해야 할지 모르겠지만 충고는 해둔다.

"그런데 노아 말대로 곰돌이랑 곰순이는 갖고 싶어지네요."

"나도 갖고 싶어~."

시아가 그런 말을 꺼내자 슈리까지 그런 말을 했다.

"곰돌이랑 곰순이는 내 가족이야. 줄 수 없어."

"그러면 유나 씨랑 결혼하면 곰돌이와 곰순이랑 같이 있을 수 있는 거네요."

시아가 미소를 보이며 농담조로 말했다.

"유나 언니랑 결혼하면 곰돌이와 곰순이랑 함께 있을 수 있어?"

시아가 바보같은 말을 하니 슈리가 그런 말을 꺼냈다.

"결혼하면 그렇게 되겠지만 여자끼리는 무리겠지."

슈리와는 물론 결혼을 할 수 없다. 애초에 나에게는 결혼할 의사가 없고 남자와 평생 함께 지낸다는 이미지가 떠오르지 않는다. 그렇게 생각하니 평생 결혼할 수 없을지도 모르겠다. 뭐, 그래도 딱히 문제는 없으니까 상관없지만…….

"그래도 물 위를 달리는 경험을 할 수 있을 줄은 몰랐어요. 어머님에게 좋은 여행담이 생겼네요."

"그러니까, 아무에게도 말하지 말라고."

"어머님에게도 안 돼요?"

……나는 상상해본다.

엘레로라 씨에게 알려진다. 우선 클리프와 국왕에게 알려지겠지. 그리고 클리프에서 노아로 전달될 거다.

국왕 쪽을 생각해보자. 플로라 공주와 티리아와 왕비님, 세 사람에게는 말할 것 같군. 아들인 왕자에게 말할지는 모르겠지만.

우선, 퍼지는 건 좋지 않다.

"엘레로라 씨에게 알려지면 클리프 씨랑 국왕에게 말할 테니 비밀로 해줘."

"하긴, 어머님이라면 말할 것 같네요. 유나 씨에게 미움받으면 곤란하니 비밀로 해둘게요."

"피나도 슈리도, 티루미나 씨랑 겐츠 씨에게 말하면 안 된다."

"네."

"응."

두 사람 모두 순순히 약속했다. 두 사람은 크라켄의 이야기도 티루미나 씨에게 추궁을 당했지만 말하지 않았다. 슈리는 가끔 떼를 쓰지만 약속을 지키는 착한 아이다.

곰돌이와 곰순이는 바다 위를 달려 육지에서 멀어졌다. 나는 곰 지도로 수수께끼 섬의 위치를 확인했다. 지도가 일정 거리만 파악할 수 있는 건 불편하지만, 어제 쿠로 할아버지에게 근처까지 데려다 달라고 해둬서 대략적인 방향은 안다. 음, 항구가 저쪽이니까 섬은 이쪽이겠네.

나는 곰 지도를 보면서 어제 쿠로 할아버지에게 들은 수수께끼 섬으로 곰돌이와 곰순이를 달리게 했다.

"앗, 유나 언니가 만든 곰 님이 보인다."

슈리가 멀리 해안 쪽을 가리켰다. 그 손가락 끝에는 곰 워터 슬라이드가 있다. 커다란 곰이라서 떨어진 위치에서도 잘 보인다. 하지만 곰 워터 슬라이드에서 노는 아이들의 모습은 희미하게 작은 물체가 움직이는 것처럼 보이는 정도다.

그러면 저쪽에서 우리를 봐도 비슷하게 보일 거다.

"여기서 노아의 모습이 보이지는 않겠지."

"노아 언니? 안 보여."

"네, 작아서 안 보여요."

"아무래도 이 거리에서는 안 보이네요."

어딘가 부족의 사람처럼 시력이 5.0 정도라서 보이는 게 아니라 다행이다. 시력이 5.0라니 상상도 안 되는데, 어디까지 볼 수 있는지 모르겠다.

이쪽 세계의 사냥꾼이라면 그 정도의 시력을 가질 수도 있나? 하지만 피나 자매가 안 보이니까 괜찮겠지.

곰 지도를 확인하면서 한동안 계속 달리자 목적지인 섬이 보였다. 쿠로 할아버지가 알려준 방향과 지도를 대조했다. 틀림없이 저 섬이다.

쿠로 할아버지의 이야기에 따르면 며칠 내로 사라질 가능성도 있지만 아직 있어서 다행이다.

“저 섬이 그 섬인가?”

“알려준 정보가 틀림없다면 말이야.”

쿠로 할아버지는 연세가 많으시지만 정정하시다. 다른 어부보다 정신이 또렷하신 분이다. 틀렸을 리는 없다.

섬에 가까워져서 곰돌이와 곰순이의 속도를 늦췄다.

“그러면 섬에 가기 전에 주의사항을 확인할게. 위험할 땐 곧바로 돌아오기. 멋대로 행동하지 않기. 그리고 맞다, 시아는 몰라도 피나와 슈리는 내 지시가 있을 때까지 곰돌이와 곰순이에게서 내리면 안 돼.”

“네.”

“응.”

확실하게 대답해주는 두 사람.

만약 위험한 일이 생기면 곰돌이와 곰순이를 타고 도망칠 수 있으니 문제없을 것이다.

"저는 안 지켜주시는 거예요?"

"사소한 거는 시아도 대처할 수 있잖아. 정말로 위험하면 내 지시를 따라줘."

물론 시아도 지키겠지만 자유를 속박할 생각은 없다.

세 사람에게 주의사항을 전달하고 섬으로 다가갔다.

쿠로 할아버지가 말한 대로 섬 주위에는 커다란 소용돌이가 굽이치고 있다. 게다가 섬 주변에는 부자연스러운 파도가 일었다.

이러면 배로 섬에 상륙하는 건 힘들겠어. 소용돌이에 휘말리면 도망치는 건 어려울 거다. 이 소용돌이를 보고도 배로 가려고 생각한 어부가 있다니 초보자라도 위험하다는 건 알아차릴 것 같은데……. 자신의 조타 기술에 상당한 자신감이 있거나 바보이거나 둘 중 하나겠지.

"유나 언니, 물이 빙글빙글 돌고 있어."

"유나 언니, 무서워요."

앞에 앉은 슈리가 곰순이를 꽉 잡았다.

확실히 근처에서 보면 무서울지도 모른다. 보고 있는 것만으로도 소용돌이에 휘말려 들어갈 것 같다.

"곰순이를 타고 있으면 괜찮아."

"그래도 이대로라면 섬에 다가갈 수 없겠어요."

“이 정도는 곰돌이랑 곰순이라면 걱정할 거 없어. 문제는 섬에 상륙할 장소인데…….”

배라면 무리지만 우리가 타고 있는 건 배가 아니다. 곰돌이와 곰순이다. 저번에는 범람하는 강을 건넌 경험도 있다. 소용돌이 정도는 아무것도 아니다. 나는 섬의 오른쪽 방향으로 돌면서 상륙하기 쉬운 장소를 찾다가 언덕이 낮은 장소를 발견했다. 이곳에 상륙하기로 했다.

“소용돌이 위를 지날 거라서 조금 흔들릴지도 모르니까 단단히 붙잡고 있어.”

뭐, 떨어지지는 않겠지만 주의만 해둔다. 곰돌이에게 올라타면 빨려들 듯 몸이 딱 붙어서 떨어지지 않는다. 하지만 스스로가 떨어지려고 마음 먹으면 떨어질 가능성도 있다.

그러니까 떨어지지 않겠다는 마음가짐은 필요하다. 세 사람은 각자 떨어지지 않도록 곰돌이와 곰순이를 잡았다.

그걸 확인한 곰돌이와 곰순이는 달리기 시작했고 소용돌이를 뛰어넘었다. 몇 차례의 점프로 섬에 상륙했다.

“정말로 소용돌이를 넘었네.”

“곰순이, 대단해.”

우선 탐지 스킬을 사용해서 주위를 확인했다. 범위 내에는 마물의 반응이 없다. 곰돌이와 곰순이도 위험을 알리는 반응을 나타내지 않는다. 하지만 마물의 위험은 없더라도 짐승이 있을 가능성이 있다.

나는 곰순이의 등에서 내렸다.

"두 사람은 내리면 안 된다."

"네."

"응."

두 사람은 대답했다.

"이런 장소에 오니 두근거리네요."

시아는 곰돌이의 등에서 내리고 아이템 봉투에서 검을 꺼낸 뒤 허리를 약간 숙였다.

확실히 두근거리긴 한다. 새로운 곳에 가는 건 즐겁다. 하지만 그건 혼자보다 피나 일행이 있기 때문일지도 모른다. 게임도 싱글보다 친한 지인과 함께 하는 편이 즐거우니까.

싱글 경험이 많은 내가 말하는 거니 틀림없다.

"유나 언니, 보물이 있을까?"

슈리가 눈을 반짝이며 물었다. 혹시, 보물을 가지고 싶어서 오고 싶다고 했던 거니?

"글쎄, 어떠려나? 슈리는 보물을 갖고 싶어?"

"발견하면 어머니랑 아버지에게 줄 거야."

티루미나 씨와 겐츠 씨에게? 예상 밖의 말이 나왔다.

나는 피나 쪽을 봤다.

"저기, 피나. 그렇게 돈이 부족한 거니? 집안 사정이 힘들어?"

10살 여자아이를 상대로 남의 집안 사정을 걱정하는 것은 이상하지만 신경이 쓰여서 물어봤다. 일단 나는 고용주다. 집안 사정이 어려우면 급여를 올리는 것도 생각해야 했다.

그렇지만 티루미나 씨에게는 나름대로의 급여를 주고 있을 것이다. 게다가 겐츠 씨도 모험가 길드에서 일하고 있다. 돈이 궁할 일은 없다고 생각하는데.

설마, 겐츠 씨가 술에 찌들어 산다던가?

"아뇨, 돈에 곤란하지는 않아요. 슈리는 어째서 보물을 어머니랑 아버지에게 주겠다는 거야?"

"가족이 늘어나면 돈이 들 거라고 이야기했었어."

"가족?!"

설마 티루미나 씨의 배 속에 아이가?

"피나, 그런 거니?"

"모, 모르겠어요."

아무래도 피나는 모르는 모양이다. 혹시, 정말로 티루미나 씨의 배 속에 아기가 있다면 축하를 해줘야겠다.

그런데 슈리는 그런 생각을 하고 있었구나.

"보물은 없을지도 모르지만, 무언가 기념이 될만한 걸 발견하면 좋겠네."

"응!"

우선은 섬의 지형을 확인하기 위해 해안가를 돌기로 했다. 선두는 나와 시아, 뒤를 곰돌이에 탄 피나, 곰순이에 탄 슈리가 따라 왔다.

둘러보니 사람이 다닌 흔적은 없다. 식물들도 여기저기 자라있었다. 중심으로 가기 전에 해안선을 가볍게 확인하기로 했다.

389 곰 씨, 섬을 산책하다 (4일 차)

섬의 해안을 걷는다. 해안선은 식물들이 적어서 걷기 쉬웠다.

"바다가 빙글빙글 도네요. 보고 있으니 빨려 들어갈 것 같아요."

걸음을 멈추고 언덕에서 아래를 내려다보더니 시아의 표정이 경직됐다.

"떨어지면 못 구해주니까 조심해야 해."

바다 안으로 떨어지면 아무리 나라도 도우러 가는 건 어렵다. 곰 장비도 바다 안에서까지 만능인 건 아니다. 애초에 바다 안에서 자유롭게 움직일 수 있었다면 크라켄과 싸우는 것도 가능했다. 곰 장비도 물속에서는 무력하다.

"그래도 먼 곳의 경치는 예쁘네요."

확실히 피나가 말한 대로 먼 곳은 예쁜 파란 수평선이 보였다.

"바다가 끝없이 이어지네요."

피나는 양손을 벌려 크게 숨을 들이쉰다. 그걸 슈리가 따라했다.

"유나 언니, 이 바다 너머에는 뭐가 있어요?"

"음~ 가본 적이 없어서 잘 모르겠지만…… 저 너머에는 육지가 있어서 그곳엔 본 적 없는 사람이 살고 있지 않을까."

판타지라면 강력한 마물이 사는 대륙이 있거나 사람과는 다른 종족이 살기도 하고, 마족이 살기도 했다. 하지만 이 바다 너머에는 쌀의 나라, 화(和)의 나라가 있다고 했다.

"보고 싶어요."

"나도~."

"그러게, 언젠가는 가보고 싶네."

언제가 다른 대륙에 가보고 싶다. 여기서부터 출발한다면 우선은 화의 나라가 되려나.

"우선, 위험하니까 너무 가까이 가면 안 된다."

피나 자매가 「네~」라고 대답하자 피나와 슈리를 태운 곰돌이와 곰순이는 언덕에서 멀어졌다.

우리는 언덕에 다가가지 않도록 하며 해안선을 걸었다.

터벅터벅 걷고 있는데 곰돌이에게 올라타 있던 피나가 말했다.

"유나 언니, 오렌이 있어요."

눈앞에 오렌의 열매가 자란 나무가 있었다.

겉보기도 맛도 오렌지 그 자체이다. 크리모니아에서도 평범하게 팔리고 있어서 자주 사 먹고 있다.

오렌의 나무는 몇 그루나 있었고 아무도 따지 않아서 많은 열매가 열려있었다.

역시, 사람은 없는 모양이군.

나는 가볍게 점프해서 맛있어 보이는 오렌을 땄다. 그리고 모두에게 건네준다.

"맛있겠네요."

"고맙습니다."

"유나 님, 아무렇지 않게 대단한 일을 하시네요."

껍질을 벗기고 오렌의 열매를 먹었다. 항상 먹는 오렌보다 맛있는 기분이 든다.

"곰순이, 아~."

슈리가 손을 뻗어 곰순이의 입 앞으로 건네자 곰순이는 고개를 꺾어 능숙하게 받아먹었다. 그걸 본 피나가 따라서 곰돌이에게 먹였다.

더욱 걸어가니 사과가 열린 나무를 발견했다.

슈리가 먹고 싶어 해서 오렌 때와 같이 따준다.

혹시 이 섬은 과일 천지인가?

"아무도 따러 오지 않아서 과일을 마음껏 먹을 수 있네요."

시아가 맛있게 과일을 먹고 있다.

확실히 아무도 섬으로 오지 않아서 과일은 자연 그대로 열려있다.

섬 주변에 소용돌이가 있으면 섬에 상륙하는 건 어렵기도 하고 과일을 위해서 여기 오는 건 리스크가 너무 크지.

"게다가 아름다운 곳이에요."

시아가 말한 대로 먼 곳을 보면 전망은 좋고 예쁘다. 하지만 언덕 아래를 보면 소용돌이가 있어서 공포를 느낀다. 천국과 지옥의 경계라고 해도 위화감은 없다.

가장 불안한 점은 피나와 슈리가 떨어지지 않을까라는 것이지만 두 사람 모두 지시에 따라서 곰돌이와 곰순이를 타고 있으니 그 걱정도 없다.

슈리 쪽을 보니 조금 전 따줬던 두 개의 사과 중 하나를 곰순이에게 주고 나머지 하나를 작은 손으로 쥔 채 맛있게 베어 물었다.

"곰순아, 맛있지?"

"크~응."

똑같이 피나도 곰돌이에게 먹여줬다.

과일이 이렇게 많으니 곰 이동문을 설치해두고 마음 내킬 때 따러 오는 것도 좋겠네.

그런 생각을 하면서 걷고 있는데 피나가 무언가를 발견했다.

"유나 언니, 녹색의 이상한 모양의 물체가 있어요. 저것도 먹을 수 있을까요?"

피나가 가리킨 곳을 보니 바나나였다. 설마, 바나나까지 있을 줄은 몰랐다. 하지만 바나나는 아직 푸른색이라 바로 먹을 수는 없을 것 같았다.

"바나나라는 과일이야."

"맛있어?"

"맛있긴 한데, 아직 먹지 못할 것 같네."

"그렇구나."

슈리가 아쉬워했다.

하지만 나도 먹고 싶으니까 다음번에 따러 올까.

그렇게 생각하니 역시 곰 이동문을 설치하고 싶어지네.

그건 그렇고 이상하다.

나는 새삼스레 주위에 자란 식물들을 봤다.

역시 이 섬은 여러 가지로 이상하다.

"유나 씨, 이 섬은 뭔가 이상하지 않아요?"

"시아도 그렇게 생각해?"

지역과 계절이 제각각인 과일나무가 있고 식물이 자라고 있다. 저건 야자수잖아. 조그마한 섬에 전 세계의 식물이 있는 느낌이다. 이 섬이 전 세계를 돌아다닌다면 새가 씨앗 따위를 옮겨올 가능성은 충분히 있을 법하다.

하지만 그게 잘 자라느냐는 별개의 이야기다.

"저도 학원에 있는 도감에서 보기만 한 거라 확실하다고 할 수는 없지만, 서로 다른 지역의 식물이 자라고 있어요."

"역시 그렇지."

시아의 말에 나는 수긍했다.

처음엔 오렌과 사과가 있다는 것에 기뻤지만, 바나나나 야자수 같은 게 한 섬에 있다니 있을 수 없는 일이잖아. 아무리 움직이는 섬이라 여러 장소로 이동한다 해도 환경이 다른 식물이 자라는 건 있을 수 없다.

설마, 이상한 섬에 와버린 건가?

한 번 더 탐지 스킬로 확인했지만 마물의 반응은 없다. 내 과민 반응인 거면 상관없지만…….

"그렇게 이상한 거예요?"

뭐가 이상한 건지 알지 못하는 피나가 묻는다.

"그렇지. 저 나무가 사과나무랑 같이 있는 게 일단 이상해."

나는 바나나가 달린 나무를 가리켰다.

"식물은 그 지역에 따라 자라는 것이 다르거든. 기온이나 강수량 같은 게 관계가 있어서 말이야."

"강수량?"

"비의 양을 말해. 비가 내리지 않는 지역이나 비가 많이 내리는 지역도 있잖아. 그러니까 그런 장소에서만 자라는 것도 있다는 거지."

"그렇군요. 몰랐어요."

피나도 슈리도 학교에 다니지 않았고 처음 보는 식물도 있을 테니 몰라도 어쩔 수 없다.

"나도 학원에서 배운 거니까 부끄러워할 것 없어."

시아가 거들어준다.

우리가 주위를 확인하며 섬을 절반 정도 돌자 넓은 공간이 나왔다. 이곳까지는 마물의 반응이 없다. 이 섬에 마물은 없는 모양이다. 짐승과도 맞닥뜨리지 않았다.

이건 정말로 좋은 섬을 발견한 걸지도 모른다.

내가 그렇게 생각하고 있는데 곰돌이에 올라탄 피나가 무언가를 발견했다.

“유나 언니, 저건?”

피나가 가리킨 끝에는 부자연스럽게 커다란 바위가 있었다. 피나를 태운 곰돌이는 커다란 바위에 다가갔다.

“유나 언니, 이 바위에 글자가 적혀 있어요.”

피나의 말에 우리는 가까이 갔다.

“이건 비석?”

내 키보다도 큰 비석에 글자가 새겨져 있다.

순간적으로 누군가의 묘지인가 생각했지만 아닌 모양이다. 비석은 오랜 시간 방치되어 있던 건지 조금 더러웠다. 나는 물 마법을 사용해서 비석을 닦았다.

자, 뭐라고 적혀 있으려나?

『이 섬에 온 자들에게 알린다. 이 섬에 온 자가 악의를 가진 자가 아니길 바란다. 만약 우연히 섬에 도착한 자라면 섬이 움직이기 전에 떠나는 것이 좋다.』

“떠나는 것이 좋다고 해도 일반적인 사람은 올 수가 없잖아요.”

시아가 말한 대로 섬 주변에 있는 소용돌이 탓에 섬에 오는 건 간단하지 않다. 동시에 섬에서 나가기도 쉽지 않다.

그리고 신경이 쓰이는 건 악의를 가진 자라고 하는 부분과 이 비석을 만든 사람은 섬이 움직인다는 사실을 알고 있다는 것이다.

"……크류나 하루크."

내가 이어서 읽으려 했는데 시아가 가장 아래에 적힌 글을 보고 놀랐다.

"왜 그래?"

"여기에 크류나 하루크라는 이름이……."

시아는 이름이 적힌 곳을 가리킨다.

"누군데?"

"유나 씨, 모르세요?!"

응, 이세계에서 온 나는 모르지. 설마, 엄청나게 유명해서 모를 수 없는 사람인가? 나는 피나와 슈리 쪽을 바라봤다.

"몰라요."

"몰라."

다행이다. 모르는 동지가 두 명이나 있다.

아무래도 그 정도로 유명한 인물은 아닌 모양이다. 시아가 하는 말만 듣고 누구나 아는 이름인 줄 알았잖아. 만약 굉장한 유명인이었다면 의심을 샀을지도 모른다.

"이런, 세 명 모두 모른다고요? 크류나 하루크라고요. 크류나 하루크."

몇 번이고 이름을 말해도 모르는 건 모르는 거다. 역사 속 인물이든, 현재 살아있는 유명인이든, 이세계에 온지 몇 개월밖에 안 지난 내 지식 속에 그런 인물의 이름은 등록되어 있지 않다.

"그래서 누군데? 그 어쩌구 하루크라는 사람은."

"크류나 하루크예요. 랭크 A인 모험가이자, 모험가 가문으로 유명한……."

시아는 힘을 줘서 말했지만 모르는 건 모르는 거다.

"미안, 몰라."

"네, 몰라요."

"몰라."

세 사람에게 같은 말을 듣자 시아는 힘이 빠졌다.

"모험가라면 모두 알고 있을 거라고 생각했어요."

"그래서, 그 크류나 하루크라는 게 누군데?"

"모험가라면 목표로 생각하는 인물이기도 하고 학원 교과서에도 실려 있어요."

"모험가인데?"

"어느 쪽인지 따지면, 모험가 가문으로 유명하죠. 위험한 지역이나 아무도 가지 않는 곳에 가기도 해요. 아무도 모르는 식물을 발견하고, 아무도 본 적 없는 마물을 토벌하기도 하고, 아무튼 대단한 사람이에요. 크류나 하루크 덕분에 많은 사실이 밝혀졌어요."

시아는 흥분한 기색으로 설명했다.

크류나 하루크라는 사람은 그렇게 대단한 사람이었구나.

"즉, 이 비석은 크류나 하루크라는 모험가가 만들었다는 거야?"

다시 한 번 비석을 본다.

"누가 크류나 하루크의 이름을 사칭한 게 아니라면 그럴 거예요."

"뭐, 이런 아무도 안 올 법한 섬에서 이름을 사칭할 이유는 없을 테니 본인일 가능성이 크겠네."

나는 비석에 적힌 글자를 이어서 읽기로 했다.

『그러나 섬의 주변에는 소용돌이가 있어서 나가는 것이 어려울 것이다. 소용돌이가 거세어 나가지 못할 땐 이 비석의 좌측으로 돌아 가보면 같은 비석이 있다. 그 비석 근처에는 소용돌이가 잠잠해지는 시간이 적혀 있다. 짧긴 하지만 섬에서 나갈 수는 있을 것이다. 비석 안에 아이템 봉투가 들어있다. 그 안에 작지만 배를 준비했다. 타이밍을 노려서 탈출하라.』

이렇게 섬에서 나가는 방법이 적혀 있었다.

그리고 마지막으로 크류나 하루크의 이름이 새겨져 있다.

"탈출 방법을 확실하게 알려주다니, 착한 사람이네."

"유나 언니, 뒤에도 뭔가 적혀 있어요."

피나가 비석의 뒤를 보고 있다.

나도 뒤로 돌아갔다.

『만약 이 땅에 관해 아는 사람이 나타나면 선의를 가진 사람일 것이라 믿겠다. 비석에 손을 대고 마력을 담아라. 선택받은 자라면 그 앞날을 알려줄 것이다.』

"앞날을 알려준다는 건 뭘까요?"

시아가 들여다보며 비석에 손을 가져다 댔다.

“뭐 하고 있니?”

“그게, 그러니까, 손을 대고 마력을 담으라고 적혀 있어서요.”

그러니까 비석에 손을 대고 마력을 주입하려고 했다는 거지?

“하지만 반응이 없네요. 아무래도 저는 선택받은 자가 아니었던 모양이에요.”

“시아에게 악의가 있다는 뜻 아냐? 봐, 선의를 가진 자라고 적혀 있잖아.”

“유나 씨, 너무해요.”

시아가 볼을 부풀린다. 이런 부분은 노아와 쏙 닮았군.

“농담이야. 선택받은 자라는 건 마력을 말하는 거 아닐까? 마력이 부족했던 거라고 생각해.”

이 부분은 게임 등에서 자주 나오는 설정이다. 마력이 얼마 이상이면 문이 열린다거나. 완력이 얼마 이상이면 검을 쓸 수 있게 된다는 것 말이다.

“내가 해볼게.”

시아 대신 비석에 손을 가져가 마력을 주입했다. 그러자 비석이 빛나기 시작했다.

“눈부셔요.”

“으으, 눈부셔요~.”

“눈부셔.”

모두 눈을 감고 나도 곰 인형 장갑으로 눈을 가렸다. 그리고 서서히 빛이 사라졌다. 눈을 뜨고 비석을 보자 비석 안에서 책이 나왔다. 그리고 책은 천천히 내 쪽으로 다가오더니 곰 인형 장갑 위에서 멈췄다.

비석 안에서 책이 나왔네?

"유나 씨, 괜찮으세요? 그리고 그 책은 뭐죠?"

"이 비석에서 나왔어."

과연 이세계라고 해야 하나, 가끔 예상 밖의 일들이 일어나 놀란다.

"유나 씨, 그건 설마, 크류나 하루크의 책인가요!"

"그게 뭔데?"

"크류나 하루크의 모험담이 적힌 책이에요. 문헌으로서도 가치가 크죠."

뭔가 게임에서 나올 법한 레어 책인 모양이다.

"그런 책이 이곳에 있다니 감동이에요. 유나 씨, 보여주세요."

당장에라도 달려들 것 같은 기세로 책을 쳐다본다.

"나도 볼래~."

"저도 보고 싶어요."

나는 모두가 볼 수 있도록 책을 열어 확인했다.

어디 보자 『이 책을 손에 넣었다는 것은 선의를 가지고 마력을 일정 이상 가진 자라고 생각한다』.

역시 마력이 관련되어 있는 모양이다.

하지만 선의를 가졌다는 걸 알 수 있는 거야?

더러운 마력이나 깨끗한 마력을 구별한다는 건가?

만화나 소설이라면 암흑 마법 같이, 부정의 감정으로 마력을 증폭시키는 것도 있지만…….

어떻게 판단하고 있는지 잘 몰라도 내가 선의를 가진 사람이라고 하니 쑥스러워지는데. 그 이전에 나에게 선의가? 자기중심의 결정체와 같은 인간인데. 이 선의의 판단 기준, 틀린 거 아냐?

뭐, 생각해봤자 알 수 없는 거니까 내 마음이 더럽혀져 있지 않다는 것만으로 다행이라고 해두자.

내가 이어서 읽으려고 하자, 옆에서 들여다보고 있던 모두의 입에서 예상 밖의 말이 나왔다.

"새하얘요."

"아무것도 안 적혀 있어."

"뭐야, 크류나 하루크의 책이 아니에요!"

"무슨 말이야, 여기 글이 적혀 있잖아?"

내게는 글자가 제대로 보인다.

"새하얘서 아무것도 없는데요. 그렇지? 피나, 슈리."

시아는 두 사람에게 동의를 구했다.

"네, 아무것도 안 적혀 있어요."

"응, 아무것도 없어."

아무래도 정말 모두에게는 책에 적힌 글자가 보이지 않는 모양이다.

"크류나 하루크의 책이 맞아. 아무래도 나한테만 보이는 것 같네."

그렇다는 건 읽는 것도 마력이 연관된 건가?

그게 아니면 비석에서 꺼낸 인물만 읽을 수 있다는 건가?

"그래요? 으으, 크류나 하루크의 책을 읽지 못하다니 분해요. 유나 씨, 책에 뭐라고 적혀 있어요?"

나는 슥 페이지를 넘기며 대충 읽었다.

"대충 보니까, 그 크류나 하루크라는 상위 모험가가 이 섬에서 조사했던 게 적혀 있네."

설마 이 섬의 수수께끼도 적힌 거 아냐?

NOVEL

곰 곰 곰 베어 15

390 곰 씨, 수수께끼의 섬에 관해 알다 (4일 차)

“볼 수 없는 건 아쉽네요.”

시아는 아쉬워하지만 어쩔 수 없다.

“그럼 잠깐 읽어보고 싶으니, 여기서 쉴까.”

마물은 없는 모양이고 위험한 동물이 접근하면 곰돌이와 곰순이가 알려줄 거다. 섬이 움직이기 시작하면 뛰어 내리면 된다.

게다가 강한 햇살 속을 걸어왔다. 곰돌이와 곰순이에 올라탄 피나와 슈리는 더워 보였다.

우리는 근처 나무 아래로 이동하여 잠깐 쉬도록 했다.

나는 피나와 슈리를 곰돌이와 곰순이에서 내려주고 물을 건넸다.

“맛있어.”

슈리는 맛있게 물을 마신다.

“곰순이는 폭신폭신해서 더웠어.”

겨울엔 따끈따끈해서 기분 좋은데, 여름엔 힘들지도 모른다. 그 부분은 곰 인형 옷 덕분에 느끼지 못해서 잘 모른다.

“세 사람 모두 수분 보충은 확실하게 해야 해.”

나는 곰돌이에게 기대어 크류나 하루크의 책을 읽었다.

『이 섬에 관해 전혀 알지 못한 채로 이 책을 손에 넣은 자를 위해 전한다. 이 섬은 타르구이다.』

타르구이? 처음 듣는 거다. 이 섬의 이름인가?

『가능하다면 서둘러 섬을 뜨는 게 좋다. 섬은 머지않아 움직이기 시작할 것이다.』

그게 섬이 사라지는 이유겠지.

『그리고 이 책은 섬에 있을 때만 읽을 수 있으므로 유의하도록.』

어떤 원리로 이루어져 있는지 모르지만 아무래도 섬에서 멀어지면 책은 비석 안으로 돌아간다고 한다.

곰 박스에 넣으면 어떻게 될까?

시아의 말대로라면 크류나 하루크의 책은 가치가 있으니 확보해두고 싶은데.

두 번 다시 손에 넣지 못하면 곤란하니까 시험해보는 건 관두기로 했다. 하지만 가지고 가지 못하는 건 아쉽다.

책을 가지고 가면 다음에 이 섬에 온 사람이 곤란할 테니, 그런 식으로 되어 있는 거겠지.

그래도 섬에 오면 언제든지 읽을 수 있으니까 문제없다. 나에게는 곰 이동문이 있다. 그렇다면 어딘가에 설치하고 싶어지네.

"유나 씨, 뭔가 알아내셨나요?"

내가 책을 읽으며 생각을 하고 있는데 오렌의 과즙을 마시는 시아가 질문했다.

"그렇지, 시아는 타르구이라는 걸 알아?"

"타르구이요? 그 타르구이 말씀하시는 거죠?"

어떤 타르구이인지는 모르겠는데. 애초에 처음 들은 이름이다. 설마 타르구이도 일반 상식인가?

크류나 하루크의 이 책에도 『이곳은 타르구이다』라고 갑자기 적혀 있었고…….

"유나 씨는 타르구이를 모르세요?"

내 반응을 본 시아가 물었다.

"응, 몰라. 혹시 크류나 하루크처럼 유명해?"

솔직하게 대답했다. 여기서 아는 척을 해도 의미가 없다. 일단 피나와 슈리에게도 타르구이에 관해 물어봤지만 「몰라요」, 「몰라」라는 대답이 돌아왔다.

응, 다행이다. 피나 자매까지 알고 있었다면 곤란했을 거다.

"으음, 유명하냐고 하면 유명하죠. 그렇지만 모르는 사람은 모를지도 몰라요. 타르구이는 전설 속 바다 생물의 이름이에요."

"전설……."

전설 속 바다 생물이라니, 거북이? 고래? 문어? 오징어? 그게 아니면 내가 모르는 생물?

하지만 타르구이라는 생물이 마물이라면 탐지 스킬이 반응할 텐데. 마물이 아니라는 건가? 마물이 아니더라도 위험한 생물이라면 곰돌이와 곰순이가 알려줬을 거다. 하지만 곰돌이와 곰순이는 소란스럽지 않다. 위험이 있다면 「크~응」 하고 울며 알려준다.

하지만 전설이라고 들으니 봉황이나 신성한 짐승이 머릿속에 떠오른다. 바다니까 신성한 거북이나 신성한 고래라던가? 그럴듯하게 머릿속에서 낱말들을 나열해봤지만 정리가 되지 않았다.

"그래서, 그 타르구이가 어쨌다는 거예요?"

"아무래도 이 섬이 타르구이라는 것 같은데."

"그게 정말이에요?!"

시아가 놀란 목소리를 냈다.

"이 크류나 하루크의 책에 적힌 게 사실이라면 말이지. 그래서 타르구이라는 게 뭔데?"

"타르구이는 존재는 확인되어 있지만 어디에 있는지, 어떤 형태인지는 알려지지 않았어요. 하지만 매우 커다랗다고 하죠."

이 섬 전체가 타르구이라는 생물이라면 확실히 크다.

이 섬이 생물이라면 움직이는 것도 이해가 된다.

"그래서, 그 타르구이라는 건 위험한 거야?"

그게 가장 중요하다. 위험하다면 당장에라도 도망치는 편이 좋다.

"타르구이가 나오는 이야기는 여러 가지 있죠. 타르구이를 공격한 배가 전멸했다는 이야기가 있는 반면, 마물에게 습격당한 배를 도와줬다는 이야기도 있어요. 게다가 재해가 일어난 마을의 주민을 등에 태워 사람들을 구했다는 이야기도 있죠. 그러니 타르구이를 구원의 신이라 숭배하는 곳도 있다고 해요. 아무 짓도 하지 않으면 위험하지는 않을 거라고 전해져요."

신으로 숭배한다는 건가. 틀림없이 신성한 짐승이군.

뭐, 곰돌이와 곰순이도 신님에게 받은 것이니 신성한 짐승이라고 생각한다.

내가 신성한 짐승인 곰돌이와 곰순이를 보자 귀엽게 「왜?」라는 듯 고개를 갸웃거렸다. 우리 곰들에게는 신성한 짐승의 관록은 없네.

"그러면 일단 위험하진 않다는 거지?"

"타르구이는 몇 천년이나 살아가고 있다고 전해지지만, 알려진 바에 의하면 지금까지 재해가 일어날 정도로 큰 사건은 일으키지 않았어요."

시아의 말로는 최근 100년 사이에 타르구이의 존재가 확인되지 않았다고 한다. 만약 사람을 공격한다면 위험한 존재라고 소문이 났겠지.

확실히 그렇다. 사람을 공격하는 존재라면 타르구이가 위험하다는 이야기가 퍼질 거다. 애초에 타르구이는 사람을 공격하기 이전에 사람 앞에 나타나지도 않는다고 했다.

"그래도 제 이야기는 전해지는 이야기나 책에 적혀 있던 거니까, 너무 신뢰하진 마세요."

뭐, 그건 타르구이를 제대로 본 적이 없으니까 어쩔 수 없다.

"유나 언니, 그래서 여기가 그 타르구이? 라는 생물의 위라는 건가요?"

"글쎄, 아까도 말했지만 어디까지나 이 크류나 하루크의 책에 적힌 게 사실이라면 그렇겠지."

이 부분은 확인할 방법이 없다. 이 섬이 타르구이라는 증거는 아무것도 없다. 타르구이가 마물이라서 탐지 스킬에 반응이 온다면 확신이 설 텐데, 반응은 없다.

그러니 지금의 나로서는 답을 알아낼 방법이 없다.

"그 크류나 하루크의 책에는 타르구이에 관해 뭐라고 적혀 있어요?"

시아는 내가 손에 든 크류나 하루크의 책을 봤다.

나는 가볍게 책을 훑었다. 타르구이에 관해서 적힌 페이지를 발견했다.

『타르구이는 전해져 내려오는 것처럼 위험하지 않다. 다만 타르구이에게 위해를 가한다면 안전은 보장할 수 없다. 이 땅에 내려와 이 책을 읽고 있다는 것은 선의를 가진 자라고 생각한다. 가능하다면 아무 짓도 하지 말고 떠나길 바란다. 떠난 후에는 아무에게도 이야기하지 않길 바란다. 이것만이 나의 부탁이다.』

비밀로 해두는 건 상관없는데 떠나는 건 무리다.

움직이는 섬이잖아. 본적 없는 먹을거리도 있잖아. 이 섬에 곰 이동문을 설치하면 배에 타지 않고도 모르는 땅에 갈 수 있다. 단점은 마음 내키는 곳으로 갈 수 없다는 것 정도다.

그러니 앞부분은 받아들일 수 있지만 뒷부분은 무시한다. 책을 계속 읽어보니 타르구이를 세상에 알리고 싶지 않아 하는 것 같았다. 세 사람에게도 입단속이 필요하겠어.

"유나 씨, 타르구이에 관해 뭐라고 적혀 있었나요?"

"시아의 말대로 적의를 가지지 않으면 괜찮대."

그래서 비석에 악의를 가진 사람이 아니길 바란다고 적혀 있던 걸까?

어부의 배도 악의를 가지고 접근한 건 아니라서 아무 일도 일어나지 않았던 거겠지.

만약 악의를 갖고 섬에 접근했다면 이 섬이 요동을 치는 건가? 상상도 하고 싶지 않은데.

애초에 이 타르구이를 무찌르면 이득이 있나? 섬이잖아, 섬. 적대하지 않는다면 방치해두면 된다고 생각한다. 이 섬이 육지에 올라온다거나 마을을 공격한다면 몰라도 바다에 떠있기만 하는 거면 피해는 없다.

그리고 크류나 하루크의 부탁을 세 사람에게 전했다.

"그러니까 이 사실은 우리들의 비밀이야."

"네, 알겠어요."

"응, 아무에게도 이야기 안 할게."

"……."

"시아?"

입을 다물고 있는 시아를 봤다.

"이런 대발견을 비밀로 한다고요? 타르구이잖아요. 아무도 본 적 없는 전설이라고요. 자랑하지 않으실 거예요?"

"안 해. 크류나 하루크의 부탁이기도 하고, 이 이야기가 퍼져서 사람들이 몰려들고 타르구이가 사람을 공격하게 되면 어떻게 할래?"

타르구이를 연구하는 연구자가 오거나, 자신의 이름을 알리기 위해 타르구이를 공격하러 오는 모험가가 있을지도 모른다.

그런 일로 인해 타르구이를 화나게 하면 큰일이 일어날 거다. 자신의 명예를 위해 소문을 내는 건 절대로 안 된다.

"그러니까 크류나 하루쿠라는 사람도 입을 다물고 있는 거지. 게다가 선의를 가진 자로서 이 책을 받았으니 이야기를 하고 다니지는 않을 거야. 시아는 선의를 가진 사람이야? 악의를 가진 사람이야?"

나는 시아에게 물었다.

그러니까 비석에는『선의를 가진 자이길 바란다』라고 적혀 있었다.

"시아 언니, 나쁜 사람이야?"

"시아 님?"

"“크~응.”"

슈리와 피나. 그리고 곰돌이와 곰순이가 시아를 바라봤다.

그런 눈빛을 못 견딘 건지, 시아는 수긍했다.

"으으, 알겠어요. 저도 말하지 않을게요."

순수한 슈리에게「나쁜 사람이야?」라는 말을 듣는다면, 그렇게 대답할 수밖에 없지.

“클리프 씨에게도, 엘레로라 씨에게도야.”

“네, 약속할게요.”

하지만 시아의 마음은 이해한다. 세기의 대발견을 한 것과 다름없다. 다른 이에게 알리고 싶은 건 어쩔 수 없다.

“유나 씨는 앞으로 어쩔 생각이에요?”

“이곳이 타르구이의 위라고 정해진 건 아니기도 하고, 이 부근을 조사할까 생각 중이야.”

그런 뒤에 짬이 나면 곰 이동문을 설치하고 싶다. 타르구이가 아니더라도 이 과일의 섬은 확보해두고 싶으니까.

가능하다면 슈리와 시아에게 들키지 않고 곰 이동문을 어딘가에 설치하고 싶다.

나중에 피나에게 두 사람의 시선을 끌어달라고 부탁해볼까.

그러려면 우선은 안전의 확인이다.

391 곰 씨, 한가득 핀 꽃을 발견하다 (4일 차)

“그건 그렇고, 크류나 하루크는 엄청난 마법을 쓰는구나. 비석에서 책이 나왔을 땐 깜짝 놀랐어. 그런 게 가능한 거야?”

내가 쓸 수 있는 마법은 공격 계열이 대부분이다. 다른 것은 스킬로 커버하고 있다.

“그런 마법에 관해 들은 적은 있지만, 크류나 하루크는 일류 마법사라 마법 도구를 만들기도 했다더라고요. 지금도 크류나 하루크가 만든 마법 도구는 고가로 거래된다고 들었어요. 그러니 크류나 하루크라면 가능할 것 같네요.”

전설 속에 등장하는 현자 같은 느낌이네. 혼자서 방랑하며 여행을 떠나거나 숲속에서 혼자 사는 이미지가 떠오른다.

“대단한 사람이었구나.”

내가 감탄하자 다른 곳에서 부정의 말이 날아든다.

“유나 언니가 더 대단해.”

“저도 그렇게 생각해요. 유나 언니는 엄청나게 강하고, 상냥하고, 어떤 순간이든 지켜주는걸요.”

“그렇지. 모두를 지키기 위해 블랙 타이거와 싸우고, 나를 위해서 기사단장과 싸워주셨지.”

“그건, 대단한 일도 아닌걸.”

이야기로 듣던 크류나 하루크와 비교하면 대단한 것도 없다.

“게다가 유나 씨에겐 작아지기도 하고, 바다 위를 달릴 수 있는 곰돌이와 곰순이도 있으니, 크류나 하루크보다 대단하다고 생각해요.”

“응!”

“네!”

칭찬해주는 건 기쁘지만 나의 강함도, 곰돌이와 곰순이도 신님으로부터 받은 거거든. 그다지 뽐낼만한 건 아니지. 내 개인의 힘만 말하면 존재감은 제로에 가깝다.

“그런데 저 비석은 이해할 수 없네요. 정말로 선인과 악인이란 걸 아는 걸까요?”

시아는 자신이 비석을 만졌으나 책이 나오지 않았다는 사실에 상처를 받은 모양이다.

“딱히 시아가 악인이라는 게 아니야. 아마 마력이 모자랐겠지.”

마력이 많았다면 시아가 만졌을 때 책이 나왔을 것이다.

시아가 악인이라고는 생각하지 않는다. 게다가 순수한 아이에게 만지게 한 뒤 악인이 책을 손에 넣는 일도 있을 수 있다. 그러니까 일정의 마력을 지닌 자가 아니면 반응하지 않았던 것뿐이라 생각한다.

책에도 그런 뉘앙스의 말이 적혀 있었다.

심지어 책을 꺼낸 본인만 읽을 수 있으며 섬에서 나가면 책은 비석 안으로 돌아가 버린다고 했다. 그러므로 책은 이 섬에서만 읽을 수 있다는 것 같다. 어떤 마법과 마법 도구를 사용해야 그렇게 할 수 있는지 궁금하다.

그만큼 타르구이에 관해서는 비밀로 부쳐두고 싶다는 이야기겠지. 뭐, 이 섬이 정말로 타르구이라는 생물이고 난동을 피운다면 일이 커질 것이다.

"그럼, 안전한 것 같으니 조금 더 탐색해보고 돌아갈까."

휴식을 끝내고 다시 탐색 준비를 시작했다.

"이제 어디로 가는 건가요?"

"으음~ 처음엔 섬을 한 바퀴 돌까 생각했는데, 섬 가운데로 가 볼까 싶어. 그대로 반대쪽으로 나간 뒤에 오늘은 돌아갈 거야."

"이 섬이 타르구이라니, 아직도 믿기지 않아요."

"타르구이라고 확정된 건 아니지만, 공격 같은 걸 하면 안 돼."

"안 해요. 게다가 공격이라니 어떻게 해야 하는 거죠? 검을 지면에 꽂는다고 해도 땅에는 흙만 있는걸요."

시아는 손을 지면에 가져다 댔다.

확실히 시아가 말한 대로다. 약간의 공격으로는 모기에 물린 정도로 생각할 것 같다. 애초에 이렇게 나무들이 자란다는 건 땅도 꽤 깊다는 뜻일 거다.

검을 지면에 꽂는다 한들 피부에 닿지도 않겠지.

만약 공격한다고 하면 물속에서 해야하나? 그것도 불가능에 가깝다. 뭐, 공격할 생각은 없으니까 아무리 생각해봤자 무의미하다.

피나와 시아는 곰돌이에게 올라타고 슈리와 나는 곰순이에 올라탄 뒤에 이동했다.

“이곳에 길이 있네요.”

비석 근처에 크류나 하루크가 만든 것인지, 타르구이에 의해 구해진 사람이 만든 것인지 모르지만 오래된 길이 있었다.

우리를 태운 곰돌이와 곰순이는 길을 걸어갔다. 길이 있다는 뜻은 이 길 끝에 무언가 있다는 의미다.

이동과 위험 탐지는 곰돌이와 곰순이에게 부탁하고, 나는 앞에 앉은 슈리를 끌어안 듯 앉아 슈리의 배 앞에서 크류나 하루크의 책을 펼쳤다. 슈리의 머리를 넘어 책을 읽는 느낌이 된다.

“유나 언니, 진짜로 글자가 적혀 있어?”

슈리가 눈앞에 있는 크류나 하루크의 책을 여러 각도에서 보려고 했다. 그럴 적마다 슈리의 머리가 좌우로 흔들린다.

“슈리, 머리 움직이지 마, 책을 읽을 수가 없잖아.”

“미안해.”

사과하는 슈리의 머리 위에 곰 인형 장갑을 올리고 쓰다듬었다.

“확실하게 적혀 있어. 그렇지만 비석에서 꺼낸 나만 보이는 모양이야. 나중에 알려줘도 되는 부분은 이야기해줄 테니까 슈리는 주위 구경을 하고 있을래? 만약에 신기한 걸 발견하면 알려줘."

"응, 알았어."

내가 부탁하자 슈리는 이리저리 좌우를 살폈다. 다소 머리가 움직이는 건 어쩔 수 없다. 나는 책을 읽었다. 이 크류나 하루크라는 사람은 긴 시간 동안 이 섬에서 지냈던 모양이다.

우와, 오렌과 사과나무를 심은 건 이 사람이잖아. 아무래도 실험을 했던 것 같네.

성장이 빨라? 열매도 맛있어져? 확실히 오렌도 크리모니아에서 산 것보다 달았던 느낌이다. 크류나 하루크의 책에 따르면 타르구이의 마력의 영향일 가능성이 크다고 했다.

이런, 그렇다는 건 타르구이의 마력을 흡수해서 성장하고 있다는 뜻?

그거 괜찮은 건가? 크류나 하루크에 따르면 인체에 영향은 없다고 하고 보통의 과일이라고 했다. 그렇지만 어디까지나 크류나 하루크의 생각이다. 뭐, 본인도 먹었으니 적었겠지.

한동안 책에는 먹거리에 관해 적혀 있었기에 팔랑팔랑 페이지를 뛰어 넘었다.

그건 그렇고 타르구이에 관해서 조사한다고 해도, 잘도 이런 아무것도 없는 섬에서 살았네. 나의 경우에는 곰 이동문이 있으니 오려고 생각했지만, 이렇게 아무것도 없는 곳에 혼자서 살고 싶다고는 생각하지 않는다.

이상한 사람이었던 건가?

그런 뒤 흥미를 돋우는 문장이 적힌 곳을 발견했다. 타르구이는 정기적으로 전 세계를 움직인다고 한다. 같은 장소를 지나기 때문에 크류나 하루크도 그걸 이용해서 몇 번 정도 타르구이에서 내린 적이 있다고 적혀 있었다.

그러니까 미릴러 마을에도 몇 년에 한 번 나타났던 거군.

그 외에도 타르구이에 관해 재미있는 사실이 적혀 있었다. 탐험하는 보람이 있는 섬이 될 것 같다.

"뭔가 재미있는 건 있었니?"

나는 책을 덮은 뒤 허리를 곧게 펴고 앞에 앉은 슈리에게 물었다.

"아니, 과일도 없어."

아무래도 슈리는 과일을 찾고 있던 모양이다.

"그리고 동물도 없네요."

"새가 나는 정도인가?"

피나와 시아가 알려준다.

확실히 시아가 말한 대로 새의 지저귐은 들리네.

근처 섬에서 날아온 건가?

헤엄치는 동물도 있지만 그 소용돌이를 생각하면 어떠한 방법을 써서 직접 데려오지 않는 한 이 섬에 동물이 사는 건 무리겠지.

곰돌이와 곰순이는 더욱더 앞으로 나아간다. 곰돌이와 곰순이가 아주 약간의 언덕으로 이루어진 곳을 걸어 올라가자 시야가 트였다.

"꽃이에요."

눈앞에는 예쁜 색색의 꽃이 한가득 피어있다. 예쁜 장소다.

어딘가의 공주님이 언덕 위에 앉아 화관을 만드는 모습이 어울릴 법한 곳이다. 시아와 피나에게는 그런 행동이 어울릴지도 모른다. 슈리는 활기차게 뛰어 돌아다니는 모습이 어울릴 것 같다.

하지만 나는 어느 것도 어울릴 것 같지 않다. 곰 옷차림으로 여자아이처럼 앉아서 화관을 만든다? 곰 옷차림으로 꽃 사이를 뛰어논다? 그런 자신의 모습을 상상하니 한기가 서렸다.

"유나 언니, 저 나무, 엄청 예뻐."

슈리가 가리킨 곳에는 벚꽃 같은 꽃이 핀 커다란 나무가 있었다. 꽃잎은 분홍색으로 예쁘게 피어있다.

오오, 이렇게 커다란 벚꽃 나무는 좀처럼 볼 수 없다. 벚꽃은 만개했다. 지금이 최고라고 해도 좋을 정도로 예쁘게 피어있다.

"유나 언니, 내려도 돼?"

"잠깐 기다려."

나는 슈리의 어깨를 잡고 일단 탐지 스킬로 마물이 없다는 것을 확인했다.

"응, 괜찮아."

슈리는 곰순이의 등에서 내린 뒤 달려갔다. 그걸 본 피나와 시아도 곰돌이의 등에서 내렸다.

“예쁜 곳이네.”

“이 나무에 핀 꽃도 예쁘네요.”

나로서는 여름에 벚꽃을 보고 있는 것 같아서 위화감이 있지만 말이다. 이상한 섬이다. 계절에 상관없이 꽃이 피어 있어도 받아들이기로 했다.

피나와 아이들은 꽃들 사이에서 즐겁게 뛰어다녔다.

여자아이가 꽃이 핀 곳을 활기차게 돌아다니는 건 한 폭의 그림 같다. 곰 인형 옷차림을 한 여자아이가 꽃밭을 돌아다닌다면 그림 같지는 않을 거다. 부자연스러움을 넘어서 개그로밖에 안 보인다.

“예뻐요. 어머니랑 아버지께도 보여드리고 싶네요.”

“그러게, 노아에게도 보여주고 싶어.”

“데려오고 싶지만 쉽게 오지 못하겠지. 섬 주변에 소용돌이가 심해서 배로는 오기 어렵고, 곰돌이랑 곰순이에 관한 건 비밀이니까. 게다가 알려준다고 해도 탈 수 있는 인원이 정해져 있어서 무리겠네.”

“그렇겠죠.”

“피나랑 시아의 마음은 알지만, 우리만의 비밀이야.”

“네.”

나는 벚꽃 나무 근처까지 다가갔다. 꽤 커다란 나무다. 나무가 1000년은 됐을 거라고 해도 이상하지 않다. 가까이서 보니 벚꽃과는 다른 것 같다. 그렇지만 예쁜 꽃이라는 건 변함이 없다. 이름을 모르니 당분간은 벚꽃 나무로 부르자.

곰돌이와 곰순이가 다가와 내 옆에 앉았다. 나도 곰돌이와 곰순이에게 기대듯 앉는다.

"아아, 유나 언니가 곰돌이랑 곰순이를 독차지하고 있어."

슈리가 달려오더니 곰돌이와 곰순이 위로 다이빙을 했다.

기분 좋다. 이대로 잠들어버릴 것 같다. 잠시 이곳에서 쉬기로 했다. 곰 이동문을 두는 건 이걸로 확정이군.

"유나 언니, 어머니에게 꽃을 가져다드리면 안 될까요?"

나는 잠시 생각했다.

뭐, 꽃 정도라면 괜찮겠지.

"괜찮아."

"나도!"

슈리는 피나가 있는 곳으로 가더니 함께 꽃을 꺾기 시작했다.

"언니, 여기 꽃은 예뻐."

"정말이네."

여성스럽군.

곰 인형 옷차림에는 절대로 어울리지 않지.

꽃을 꺾는 두 사람 모두 즐거워 보인다. 역시 둘 다 여자아이군. 금강산도 식후경인 나와는 다르다.

화관이라도 만들어 주고 싶은데, 아쉽게도 만드는 법을 모른다. 여태 도심에서 살았던 이유도 있고 그런 여성스러운 것은 해본 적이 없었다. 두 사람이라면 어울릴 것 같은데 아쉽다.

시아를 찾아보니 근처에서 꽃을 바라보고 있었다. 그런 모습이 그림이 되는 금발의 미소녀다. 곰 옷차림을 한 내가 같은 행동을 했다면 웃음거리밖에 되지 않겠지.

나는 곰돌이와 곰순이에게 기대어 피나와 슈리가 즐거워하는 소리를 들으며 유유자적하게 쉬었다.

기분 좋게 바람이 불어온다. 이곳에 다시 한 번 오고 싶으니 곰이동문은 반드시 설치하고 싶다.

오랜만에 느긋한 시간을 보내고 있는데 피나가 말을 걸었다.

"유나 언니, 꽃이 빛나요."

피나가 가리키는 곳을 보자 벚꽃의 잎 하나하나가 빛을 내고 있었다.

"꽃잎이 빛나고 있어. 예쁘다."

나는 벚꽃 나무에서 떨어졌다. 떨어진 위치에서 벚꽃 나무를 보자 크리스마스 장식을 한 것처럼 빛이 나고 있었다. 낮인데도 불구하고 빛이 나니 감동이 느껴졌다. 이게 밤이었다면 얼마나 예쁠지 상상도 안 간다.

"예쁘네요."

"시아, 꽃이라는 게 빛나기도 하던가?"

"자세한 건 모르지만, 마력이 담긴 꽃은 빛난다고 들은 적이 있어요. 그렇지만 실제로 보는 건 처음이에요."

"그렇다면 이 나무의 꽃도 마력으로 빛나고 있다는 거야?"

"아마 그런 것 같네요."

"유나 언니, 꽃 가져갈래."

"가지고 가더라도 빛은 안 날 것 같아."

"그래?"

나는 아래로 처진 가지에 손을 뻗어 빛나고 있는 꽃잎을 한 장 꺾었다.

곰 인형 장갑에 물린 빛나는 꽃잎은 사라져 간다.

"아아, 사라졌다."

슈리가 아쉬운 듯 꽃잎을 바라본다.

나도 계속 빛나는 꽃이라면 가지고 돌아가고 싶었지만 꽃잎만으로는 계속 빛을 내는 건 무리인 것 같다.

"그런데 이 나무는 뭘까?"

"크류나 하루크의 책에는 안 적혀 있어요?"

듣고 보니 그렇다. 이런 꽃에 관한 것은 뭐가 되었건 적혀 있을 가능성이 있다.

나는 들고 있던 크류나 하루크의 책을 팔랑팔랑 넘겼다. 그리고 찾고 있던 페이지를 찾았다.

그 페이지에는 벚꽃 나무의 그림이 그려져 있었다. 크류나 하루크는 그림도 잘 그리네. 재능이 있는 사람은 뭘 해도 다르구나.

어디 보자, 뭐라고 적혀 있으려나.

『이 나무는 타르구이가 마력을 방출할 때 빛이 나기도 한다. 이 나무가 빛을 낸다면 그 장소에서 떨어지는 것을 권장한다.』

벚꽃 나무의 그림 옆에 『위험』이라는 글자가 빨간 펜으로 적혀 있었다.

뭐지? 이 찝찝한 말은…….

나는 책을 계속 읽어나간다.

『빛은 마력이 방출되는 것이 원인이다. 그 빛은 아름다우나 그와 동시에 마물을 불러들인다. 근처에 마물이 없다면 안전하지만 근처에 마물이 있으면 한꺼번에 몰려온다.』

잠깐, 농담하는 건가.

마물은 바다나 하늘에서도 찾아온다. 마물이 주위에 없다면 피해는 없을 가능성도 있다. 이것만큼은 운에 따른다고 적혀 있었다.

나는 눈앞의 벚꽃 나무를 바라봤다.

여기는 괜찮은가?

그래도 도망치는 편이 좋겠지.

그건 그렇고 우리가 온 타이밍에 빛이 난다니, 게임이나 만화의 주인공도 아닌데 이상하지 않아?

나는 피나 일행을 바라본다. 피나와 아이들은 눈을 깜빡이는 걸 잊은 듯 빛나는 벚꽃 나무를 바라보고 있었다.

"모두 서둘러 이곳에서 벗어나야해!"

"아~."

"아니, 왜 그래요?"

"조금 더 보고 싶어."

꽃은 마력을 방출하며 빛나고 있었다.

나도 보고 싶다. 이런 예쁜 광경은 간단하게 볼 수 있는 게 아니다. 그렇지만 이곳으로 마물이 몰려올지도 모른다.

"설명할 시간이 없으니까 곧바로 곰돌이랑 곰순이에게 올라타!"

나는 주위를 확인하기 위해 탐지 스킬을 발동시켰다. 그와 동시에 곰돌이와 곰순이가 커다란 소리로 울었다.

392 곰 씨, 세 사람을 안전한 곳으로 이동시키다 (4일 차)

"유나 언니!"

"곰순아?"

피나는 나를 봤고 슈리는 옆에 있던 곰순이를 본다.

"유나 씨, 설마 마물인가요!"

과거에 마물이 나타났을 때 곰돌이와 곰순이가 울었던 것을 기억하는 시아가 그렇게 물었다.

내가 탐지 스킬을 확인하자 볼까마귀의 반응이 있었다. 볼까마귀는 일직선으로 이쪽을 향해 오고 있다.

벌써 근처까지 왔다.

하늘을 올려다봤다.

모두 나처럼 상공을 봤다.

"저건……."

"새?"

검은 새가 나타나 머리위에서 선회하고 있었다.

"설마, 볼까마귀?"

시아의 말처럼 저건 볼까마귀다. 매보다 크고 부리가 빨간 것이 특징인 마물. 탐지 스킬에는 10마리의 볼까마귀의 반응이 있었고 탐지 스킬을 보는 동안에도 점점 추가됐다. 볼까마귀의 수가 점점 늘어간다.

과거의 경험에서 봤을 때 볼까마귀는 한 마리 한 마리는 그다지 강하지 않아서 문제없이 대처할 수 있다. 하지만 수가 많다. 게다가 이곳에는 피나와 아이들이 있으니 엘프 마을에서 싸웠을 때와는 상황이 다르다.

피나와 아이들을 데리고 미릴러 마을로 도망치는 것도 불가능하다. 미릴러 마을로 도망치면 볼까마귀가 따라올 수도 있다. 크류나 하루크의 책에 의하면 마물은 저 벚꽃 나무에 끌린다고 하지만 쫓아오지 않을 거란 보장은 없다. 만에 하나라도 미릴러 마을에 볼까마귀가 날아와서 바다에서 노는 아이들을 공격한다면 자신을 용서할 수 없게 될 거다. 그것만큼은 무조건 막아야 한다.

몇 마리의 볼까마귀가 벚꽃 나무에 내려앉았다. 꽃을 쪼아대기 시작했다. 먹고 있나?

"……유나 언니."

유나가 가리킨 곳을 보니 벚꽃 나무에서 무지개색으로 빛나는 비눗방울이 생겼다. 그건 점점 퍼져서 작은 비눗방울에서부터 커다란 비눗방울이 나왔다.

"예쁘다."

피나와 아이들은 환상적인 광경에 빠져 있는데 위험한 느낌이 들었다. 이 현상에 관해서도 책을 보며 확인하고 싶지만 지금은 이곳을 얼른 벗어나고 싶다.

나의 예감은 곧바로 실현되었다. 나무에 머물러 있던 볼까마귀를 비눗방울이 감싼다. 볼까마귀는 순간적으로 요동을 쳤지만 힘이 흡수당한 듯 점잖아졌다. 마력을 흡수한 건가? 아니면 체력? 저 비눗방울은 뭐지?

비눗방울은 차례차례로 볼까마귀를 포획했다. 그리고 작은 언덕에서 후~욱 하는 소리가 나더니 볼까마귀가 든 비눗방울이 산 중턱 부근에 있는 커다란 구멍으로 빨려 들어갔다.

저런 곳에 구멍이 있었어?

탐지 스킬을 살펴보자 구멍에 들어간 볼까마귀의 반응이 사라졌다.

설마 저 구멍은 타르구이의 신체 일부이고 볼까마귀를 먹은 건가?

"여기서 벗어나자."

나는 피나와 아이들을 곰돌이와 곰순이에게 태운다.

확인하고 싶은 것은 많지만 지금은 세 사람을 안전한 곳으로 데려가야 했다. 세 사람을 곰돌이와 곰순이에 태운 나는 비석이 있는 곳까지 돌아왔다.

탐지 스킬로 보자 아직도 볼까마귀가 모여들고 있다.

"유나 씨, 크류나 하루크의 책에는 뭐라고……?"

"저 꽃이 빛나면 마물을 불러들인다는 모양이야."

"……?!"

내 말에 세 사람이 놀랐다.

"볼까마귀 정도는 공격을 해와도 내가 무찌를 수 있으니까 걱정 마."

나는 안심을 시키기 위해 부드러운 목소리로 말했다.

"그렇지만 무슨 일이 일어나는지 알 수 없으니 세 사람은 집 안에 있어."

나는 곰 박스에서 곰 하우스를 꺼냈다.

곰 하우스 안이라면 볼까마귀에게 공격을 당할 일은 없다. 이 섬에서 가장 안전한 장소다.

"섬에서 안 도망쳐요?"

"마물이 우리를 쫓아와서 미릴러 마을까지 따라오면 마을을 위험에 빠뜨릴 수도 있어. 그러니까 도망칠 수는 없어. 괜찮아, 세 사람은 내가 지킬 테니 안심해."

""크~응.""

내 말을 부정하듯 곰돌이와 곰순이가 울었다.

"그렇지, 나랑 곰돌이와 곰순이가 세 사람을 지킬 거야."

내가 정정하자 곰돌이와 곰순이는 마음에 들어 했다.

곰 하우스의 문을 열고 우리는 곰 하우스 안으로 들어갔다.

이것으로 우선은 안심이다. 갑자기 공격을 당할 일은 사라졌다.

세 사람의 안전을 확보한 나는 크류나 하루크의 책을 펼쳐 벚꽃 나무와 비눗방울에 관해 적힌 곳을 읽었다.

크류나 하루크의 책에 적힌 내용은 어디까지나 그의 고찰로 이루어져 있다.

그 비눗방울은 마력으로 만들어졌으며 타르구이의 먹이로 추측된다. 산 중턱에 빨아들이는 구멍이 있다. 그 구멍에는 다가가지 않는 편이 좋다고 적혀 있다.

그런 내용은 앞쪽에 적으라고요. 뭣 모르고 구멍에 들어갔으면 어쩌려고…….

꽃에서 나온 비눗방울은 이리저리 떠돌다가 주위에 있는 마물을 감싼다고 했다. 『가설』이라고 전제를 뒀으며 마물의 체내에 있는 마석에 반응하는 것으로 추측된다고 적혀 있었다.

그렇게 추측한 이유는 크류나 하루크가 근처에 있어도 비눗방울이 다가오지 않아서 라고 한다. 만져도 자신을 감싸는 일은 없었다고…….

마물이 모여드는 와중에 이 사람은 무슨 짓을 한 거야?!

하지만 몸을 던져 실험을 해줬다는 건 감사한 일이다. 그런 걸 보면 무서워서라도 비눗방울에 다가가지 않는다.

즉, 크류나 하루크의 책에 따르면 벚꽃 나무에서 마물을 불러들이고 비눗방울로 포획을 한 뒤 먹는다는 모양이다. 이번의 현상은 타르구이의 식사 시간이었다는 건데……, 정말이지 대규모 식사다. 볼까마귀 정도면 상관없지만 커다란 마물이 오면 어떻게 되나?

만약 내가 쓰러뜨린 크라켄이 있을 때 이번 상황이 벌어졌다면 어떻게 되었을까.

타르구이와 크라켄의 대결을 볼 수 있었던 건가……. 상상만으로도 무서운데. 그 이전에 타르구이는 크라켄이랑 싸울 수 있나?

크류나 하루크의 책에 의하면 식사는 일정한 시간에 이루어진다고 한다.

주위에 마물이 사라지거나 벚꽃 나무의 마력이 사라질 때까지라고 한다. 최종적으로 벚꽃의 빛이 멈추면 마물은 도망치듯 사라진단다.

책을 읽고 대략적인 건 이해했다. 이 책이 없었다면 혼란스러웠을지도 모른다. 크류나 하루크에게는 감사할 따름이다.

남은 문제는 타르구이의 식사 시간뿐이다. 그 사실에 관해서는 책에 적혀 있지 않았다. 며칠이나 이어진다고 하면 곤란하다.

뭣하면 슈리와 시아에게 들킨다 하더라도 곰 이동문을 사용해서 도망치는 것도 생각해야겠다. 이것만큼은 목숨과도 바꿀 수 없다.

"유나 씨, 뭔가 알아냈어요?"

내가 책에서 눈을 떼자 시아가 그렇게 말했다. 주위를 보니 피나가 슈리를 품에 안고 있었다.

나는 세 사람의 불안감을 없애기 위해 설명했다.

"우리가 공격을 당할 일은 없으니 걱정 안 해도 돼. 뭣하면 탈출할 거니까."

곰 이동문으로 말이지.

내 설명을 들은 세 사람은 안도의 표정을 지었다.

물론 불러들이는 것이 볼까마귀 정도의 약한 마물이라면 말이다. 정말로 크라켄이 없어서 다행이다.

그 외에도 중요한 사실이 적혀 있지는 않은지 크류나 하루크의 책을 계속 읽으려고 했는데, 곰돌이와 곰순이가 경고하듯 「크~응」 하고 울었다.

나는 탐지 스킬로 확인했다.

탐지 스킬에 예상 밖의 마물의 반응이 있었다. 크라켄과 와이번?!

농담이겠지. 아무리 곰 하우스가 단단해도 크라켄과 와이번의 공격을 견뎌낼 수 있는지는 모른다. 그런 실험은 한 적이 없다.

"유나 씨, 곰돌이랑 곰순이가……."

"근처에 마물이 지나가는 것뿐이야. 그렇지만 조금 위험할지도 모르니까 안전한 곳으로 이동하자."

나는 불안하게 만들지 않기 위해 거짓말을 했다. 그런 뒤 모두를 데리고 이동문이 놓인 방으로 향했다.

"유나 언니, 설마……."

"말을 맞추자."

피나에게 작은 목소리로 부탁했다.

"유나 씨, 여기는?"

방의 벽 쪽에 곰 이동문이 설치되어 있었다. 마치 옆방에 이어지는 느낌으로 만들어져 있다.

"이 안쪽에는 어떤 마물이 나와도 안전한 방이 있으니까. 잠시만 그 방에 숨어 있어."

나는 곰 이동문의 문을 열었다. 문 안으로 들어서자 3평 남짓한 방이 나왔다.

이곳은 크리모니아 곰 하우스의 지하실이다.

갑자기 곰 이동문을 사용할 일이 생길 경우와 급해서 곰 이동문에 대해 설명할 수 없을 때 사용하려고 만든 방이다.

이번에는 위험하기도 하고 곰 이동문을 설명할 시간이 없으니까, 이곳을 곰 하우스 안의 방이라고 말해뒀다.

이 방은 크리모니아 곰 하우스의 지하실이라서 문도 창문도 없다. 그러니 밖을 확인하는 것은 불가능하다. 참고로 피나는 이 방을 알고 있다.

이 방을 만들었을 때 곰 이동문에 관해 아는 피나에게만 알려뒀다.

"이 방은 안전하니까 안심해도 돼."

방에는 많은 짐을 두지 않았다. 중앙에 테이블이 있고 의자가 놓인 정도이다.

“정말로 안전한 거죠?”

“그건 보증할게. 피나도 여기가 안전하다는 건 알고 있지?”

“네, 이 방은 안전해요. 어떤 마물도 다가올 수가 없죠.”

이 방에 관해 아는 피나도 맞장구를 쳐준다.

“피나가 그렇게 말한다면 괜찮으려나?”

슈리도 언니인 피나의 말과 태도에서 알 수 있는지 불안한 표정이 사라졌다.

“유나 언니, 당분간은 이곳에 있는 건가요?”

“바깥의 상황 나름이겠지. 잠깐은 이곳에 있을 생각이야.”

나는 냉장고를 꺼내 안에 들어 있는 것을 마음껏 먹어도 된다고 했다.

“나는 바깥 상황을 보고 올 테니까 모두는 여기서 쉬고 있어.”

“유나 씨, 밖으로 나가는 거예요?”

“누군가가 밖의 상황을 확인하지 않으면 돌아가지 못하잖아. 곰순아, 모두의 곁에 있어줘. 만약 위험해지면 모두에게 알려줘야 해.”

“크~응.”

위험한 일은 절대로 일어나지 않지만 그렇게 말해뒀다. 곰순이가 울지 않으면 다들 안심할 거다.

애초에 호위는 필요 없다. 하지만 섬에 있다고 생각하는 슈리와 시아는 곰순이가 함께 있으면 안심하겠지.

“유나 씨, 저도…….”

"안 돼. 내가 강하다는 건 알고 있잖아."

"그렇지만……."

"게다가 여기에 피나와 슈리 두 사람만 둘 수는 없어. 두 사람을 부탁할게."

시아는 피나와 슈리를 보더니 작게 고개를 끄덕였다.

"알겠어요. 피나와 슈리는 제게 맡겨주세요."

시아는 자신의 역할을 이해해줬다.

393 곰 씨, 크라켄 삼형제와 싸우다 (4일 차)

슈리와 시아는 사정을 아는 피나와 곰순이에게 맡기고 나는 곰돌이를 데리고 방에서 나왔다. 그리고 곰 이동문을 확실하게 닫았다. 내가 문을 열지 않으면 세 사람은 이쪽으로 나올 수 없다. 동시에 세 사람의 안전은 보장된다.

피나에게는 내가 돌아오지 않으면 숨겨둔 문으로 방에서 나오라고 전해뒀다. 장소가 크리모니아라는 게 들켜버리지만 내가 돌아오지 않는 때는 정말로 긴급한 경우다.

뭐, 정말로 대처할 수 없을 것 같으면 곰 이동문으로 도망치겠지.

나는 곰돌이와 함께 곰 하우스를 나선 뒤 파괴되면 곤란하므로 곰 하우스를 곰 박스에 넣었다.

자, 어떻게 할까.

우선 상황을 파악하기 위해 탐지 스킬을 사용했다. 볼까마귀의 수가 줄어들었다. 그 대신 와이번의 수가 늘었다. 역시 볼까마귀와 똑같이 벚꽃 나무에 이끌린 걸까.

하늘을 올려다보며 벚꽃 나무가 있는 방향을 바라보자 이곳에서도 와이번이 상공을 순회하는 것이 보인다.

와이번은 드래곤의 일종. 드래곤 중에서는 작은 부류로 굳이 따지자면 약하다. 그렇지만 평범한 사람이 싸워서 간단하게 이길 수 있는 상대는 아닐 거다. 볼까마귀 이상으로 미릴러 마을에 다가가게 해서는 안 되는 마물이다.

와이번은 마물 만 마리를 토벌했을 때 쓰러뜨린 적이 있지만, 그때는 자고 있는 것을 무찌르기만 했다. 실제로 싸웠던 것은 아니니까 본래의 강함은 미지수다. 겨루게 된다면 처음 싸우는 것이 된다.

가능하다면 타르구이가 볼까마귀처럼 와이번을 먹어주는 게 가장 좋을 텐데. 지금 상황에서 와이번의 수는 줄어들지 않았다.

만약 타르구이가 와이번의 대처를 할 수 없다면 내가 토벌할 수밖에 없다. 미릴러 마을은 떨어져 있다고 해도 와이번이라면 날아서 금방 마을에 도달해버린다.

게다가 문제는 와이번만이 아니다. 해안가에 있는 크라켄의 존재다.

그건 그렇고 크라켄이 세 마리나 있다니 이 부근의 바다는 도대체 어떻게 되어 있는 거야. 얼마 전에 쓰러뜨린 크라켄을 포함해서 네 마리다. 이 부근에 크라켄 서식지라도 있는 거야? 라고 말하고 싶어진다.

나는 어떻게 해야 할지 생각해봤다.

방법 1 모든 마물을 토벌한다.

방법 2 타르구이의 반응을 본 뒤 행동한다.

방법 3　섬에서 빠져나간다.

방법 4　원인인 벚꽃 나무를 베어낸다.

1번은 미릴러 마을을 위해서라도 가장 좋다. 놓쳐서 이후에 미릴러 마을로 간다면 큰일이다. 문제는 내가 힘이 든다는 것 정도다.

2번은 크류나 하루크에 따르면 타르구이가 마물을 먹이로 먹는다고 적혀 있다. 문제는 어떤 마물까지 무찔러 주느냐이다. 크류나 하루크가 이 섬에 있었을 때는 볼까마귀와 같은 작은 마물만 나타났을 가능성도 있다. 대형 마물을 상대로 어디까지 대처할 수 있는지 모른다.

3번은 내가 혼자이고 근처에 사람들이 사는 마을이 없다면 쓸 수 있는 방법이다. 그렇지만 근처에는 미릴러 마을이 있고 고아원 아이들이 있다. 그러니 3번은 불가능하다.

마지막으로 4번인데 섬에서 마물을 쫓아내기엔 가장 좋은 방법이다. 하지만 여러 관점으로 봤을 때 실행할 수 없다.

우선 저 마력 덩어리인 거대한 나무를 베어낼 수 있느냐가 문제다. 그리고 공격을 가해서 타르구이에게 적대심을 살 가능성이다. 그런 일이 일어난다면 와이번과 크라켄만이 아니라 타르구이까지 적이 되어 버린다. 화가 난 타르구이가 미릴러 마을에 상륙한다면 와이번 정도의 소동으로는 끝나지 않는다.

게다가 타르구이와 적대를 하면 이 섬에 곰 이동문을 둘 거라는 나의 계획이 망가져 버린다. 무엇보다도 저 벚나무를 베어버리는 건 일본인으로서 하고 싶지 않다. 그러니 벚나무를 베는 것은 마지막 수단으로 남겨두자.

그렇게 생각하고 있는데 곰돌이가 「크~응」 하고 울었다. 이 우는 소리는 위험을 알리는 것이다. 내가 탐지 스킬을 발동시키자 새롭게 바다에서 와이번이 접근했다.

도대체 얼마나 모여드는 거야.

와이번이 섬에 다가오기 시작할 무렵 지면이 크게 요동쳤다. 그와 동시에 바다에서부터 무언가 떠올랐다.

뭐지?!

바다에서 떠오른 건 빌딩처럼 높게 솟아올랐다.

"……목?"

바다에서부터 나타난 것은 목이 긴 공룡 같은 기다란 목이었다.

"설마, 타르구이?"

타르구이는 천천히 와이번 쪽을 바라보더니 입에서 레이저 같은 물을 뿜어냈다. 물은 하늘을 날던 와이번에 명중했고 와이번은 그대로 바다로 떨어졌다.

잠깐, 저렇게 간단하게 무찌른다고?

그리고 타르구이는 떨어진 와이번을 향해 목을 뻗더니 그대로 먹었다. 이어서 날아오는 와이번에게 강력한 수압의 물을 날렸다.

와이번은 피했지만 타르구이는 연속으로 물을 내뿜어 수면으로 내동댕이쳤다.

다음으로 타르구이는 목을 돌리더니 벚꽃 나무 위를 날고 있던 와이번을 향해 물을 뿜었다. 하지만 이번에는 거리가 멀었는지 와이번이 피했다. 그러나 타르구이는 공격을 멈추지 않는다. 타르구이가 물을 내뿜을 때마다 하늘에서 바닷물이 쏟아졌다. 한 마리는 타르구이의 목 주변을 날기 시작했고 나머지는 섬 어딘가로 숨어버렸다.

도망치면 좋으련만 도망가진 않는다. 역시 벚꽃 나무가 마물을 끌어들이는 모양이다.

그런데 정말로 타르구이와 와이번의 싸움이 시작되어 버렸다. 시작되었다고는 해도 타르구이가 일방적으로 공격을 하는 거지만……. 내가 도울 필요는 없어 보였다.

그렇지만 타르구이가 와이번을 무찔러 준다면 다행이다. 하늘을 나는 마물은 성가시다. 나나 곰돌이가 날 수 있다면 좋겠지만 아무래도 하늘을 날 수는 없다.

이렇게 되면 타르구이의 등 위로 올라오는 크라켄의 상대는 내가 해야겠지. 타르구이가 대처해줄지도 모르지만 그사이에 나의 소중한 과일이 파괴될 가능성이 있다.

싸우는 건 좋지만 문제는 크라켄의 숫자다. 한 마리만으로도 무찌르는 데 고생을 했는데 세 마리나 있다. 사실은 싸우고 싶지 않은데 와이번처럼 도망치게 둘 수는 없다.

탐지 스킬을 보니 크라켄은 천천히 이동하고 있었다. 섬에 상륙하고 있나?

처음엔 해안가에 있었지만 섬에 상륙한 모양이다. 그런 거라면 어떻게 될 것도 같다.

아무리 크라켄이 강하다고 해도 육지에 올라온다면 저번 싸움보다는 편하게 겨룰 수 있다.

역시 문제는 크라켄의 수인데 각각 미묘하게 떨어진 위치에 있다. 게임이라면 각개격파다.

나는 가장 가까운 크라켄이 있는 곳으로 달렸다. 내가 달리기 시작하자 곰돌이도 뒤를 쫓아왔다.

나는 달리면서 위화감을 느꼈다.

이상하네.

크라켄이 있는 곳을 향해 달리고 있는데 크라켄의 모습이 보이지 않는다. 크라켄 정도의 크기라면 보여야 하는데 그 모습이 보이지 않는다.

나는 크라켄이 있을 거라 여겨지는 곳에 도착했다.

꿈틀꿈틀.

"……"

"크~응."

꿈틀꿈틀.

"……"

"크~응."

나는 정신을 차렸다.

순간적으로 사고가 멈췄다. 곰돌이가 바짝 다가와서 현실로 돌아오게 해줬다.

"이게 크라켄인 건가?"

나는 지금의 위치와 탐지 스킬의 반응 위치를 비교했다. 틀림없네. 크라켄이야. 눈앞에는 2미터 정도의 오징어가 섬 위를 기고 있다.

어떻게 봐도 작은 대왕오징어로밖에 안 보인다. 긴 다리를 구불거리며 천천히 움직이고 있다. 이것도 벚나무에 이끌린 건가?

나는 곰 인형 장갑에 마력을 모아 커다란 곰 화염을 만들었다. 그리고 크라켄이라고 여겨지는 대왕오징어에게 날렸다. 크라켄은 곰 화염에 휩싸이더니 꾸불꾸불하며 도망치려고 하다가 소멸해버렸다.

탐지 스킬에서도 크라켄의 반응이 사라졌다. 정말로 저 대왕오징어가 크라켄이었던 모양이다. 어쩌면 크라켄의 자식이었던 걸지도 모른다.

다음 장소로 이동하자 조금 더 커다란 크라켄이 있었다. 하지만 나의 적수는 아니다.

"베어 파이어."

뭐지. 조금 전까지 고민했던 내 시간을 보상받고 싶다.

나는 세 번째 크라켄이 있는 곳으로 이동했다.

오오, 크네. 세 번째 크라켄은 컸다. 그렇지만 크다고 해도 조금 전 두 마리와 비교했을 때의 이야기다. 성장하면 쑥쑥 자라는 모양이다.

세 마리째의 크라켄도 베어 파이어의 일격으로 아무렇지 않게 무찌를 수가 있었다.

크라켄이 세 마리라고 알았을 때는 조금 위험하다고 생각했는데 작은 크라켄이라고는 상상도 못했다.

게임에서도 작은 크라켄 같은 건 나오지 않았다.

마물의 등장은 알고 싶지 않지만, 갑자기 커다란 크라켄이 툭 하고 나타나는 건 아닌 모양이다.

어디까지나 추측인데, 크라켄도 바다의 생존 경쟁 속에서 살아남은 개체가 전설 속에 나오는 거대 크라켄이 되는 걸지도 모른다.

타르구이 덕분에 자라기 전에 토벌할 수 있었던 것을 감사해야 할까?

무사히 크라켄 3형제를 토벌하고 이것으로 끝이라고 생각한 찰나, 곰돌이가 울었다. 곰돌이를 보니 위를 보고 있다. 나도 위를 바라보자 와이번이 나를 목표로 날아왔다.

잠깐, 어째서 와이번이?

와이번은 날카로운 발톱을 세워 나를 공격했다.

나는 간발의 차로 와이번의 공격을 피했다. 와이번의 상대는 타르구이였잖아. 나는 지면에 내려선 와이번과 대치했다.

394 곰 씨, 와이번과 싸우다 (4일 차)

와이번이 지면에 내려섰다. 「그으」 하고 크게 입을 벌려 신경 쓰이는 소리를 낸다. 와이번의 상대는 타르구이의 역할이잖아. 게다가 이곳은 벚나무와 가까운 곳도 아닌걸. 와이번은 벚나무에 이끌려 온 거잖아. 어째서 내가 있는 곳으로 찾아온 거냐고…….

타르구이를 보니 몇 마리의 와이번과 싸우고 있었다. 그중에 몇 마리가 내 쪽으로 온 모양이다. 도대체 몇 마리가 있는 거지.

정면의 와이번에게서 시선을 떼지 않고 주위를 보는데 위에서 와이번 두 마리가 지상으로 내려왔다.

그리고 와이번은 곰돌이를 향해 눈을 치켜뜨고 부리를 열었다 닫았다 하며 위협을 했다. 부리에서 침 같은 액체가 흘러내린다.

잠깐, 혹시 곰돌이를 먹으러 온 거야?

농담이겠지. 나는 곰돌이랑 와이번 사이로 이동했다.

곰돌이를 먹으려고 하다니 절대로 용서하지 않겠어. 나는 선수필승이란 생각을 하며 마구잡이로 화염 마법을 와이번에게 날렸다. 그렇지만 와이번은 날개를 사용해 정면을 가려서 화염 구슬을 막았다. 역시 드래곤 종이다. 약하다고는 해도 드래곤이다. 이 정도의 공격 마법으로는 무찌를 수 없다.

그러면 이건 어때? 나는 곰 화염을 와이번에게 날렸다. 와이번은 날개를 펼쳐 「구와와와와와」 하는 소리를 내더니 날아올랐다.

날다니 비겁해. 정면으로 맞서라고.

그건 그렇고 와이번이 곰돌이를 먹으러 올 줄은 꿈에도 몰랐다. 먹을 거라면 마력이 담긴 벚꽃을 먹어야지. 어째서 곰돌이를 먹으려고 하는 거지?

뭐가 되었든 곰돌이는 내가 무조건 지킨다.

내가 곰돌이를 송환하려고 하자 곰돌이는 「크~응」 하고 울며 고개를 저었고 뒤로 물러섰다.

"곰돌아?"

"크~응."

아니 아니, 라며 고개를 젓는다.

"안 돌아가면 먹힐 거야."

"크~응."

곰돌이는 재차 고개를 저었다.

평소라면 내 지시를 따라주는데 이번엔 싫어했다.

"혹시, 같이 싸우고 싶은 거야?"

"크~응!"

곰돌이는 기쁘게 울었다.

곰돌이와 곰순이는 나의 소중한 가족이다. 원래라면 위험한 일은 시키고 싶지 않다.

그렇지만 곰돌이는 나와 함께 싸우겠다고 한다. 그 마음은 기쁘다.

와이번은 세 마리. 이쪽은 나와 곰돌이. 원래라면 곰돌이를 먹이로 생각하는 상대와 싸우게 하고 싶지 않고 억지로라도 송환시키고 싶다. 그렇지만 곰돌이는 나와 함께 싸우려고 하니 그 마음을 순순히 받아들이기로 했다.

"알겠어."

나는 한숨을 내쉬고 곰돌이에게 다가가서 머리 위에 곰 인형 장갑을 올렸다. 나의 말을 이해한 건지 곰돌이는 피하지 않았다.

"그럼, 같이 싸워줄래?"

"크~응!"

곰돌이는 기쁘게 울었다.

하지만 정말로 위험할 때는 싫어해도 송환할 작정이다.

"무리하지 않아도 돼."

"크~응."

나와 곰돌이는 전투 준비에 들어갔다. 나는 하늘을 향해 얼음 화살을 무수하게 날렸다. 와이번은 피하며 날개를 크게 펼쳐 공중에서 멈췄다. 그리고 입을 크게 벌리더니 지면에 있는 나를 향해 화염 구슬을 뿜었다. 나는 와이번의 화염 공격을 바람 마법으로 상쇄시켰다. 역시 하늘을 날면 이쪽이 불리하군.

게다가 세 마리 동시에 상대하는 건 성가시다.

"곰돌아, 한 마리씩 확실하게 쓰러뜨리는 거야!"

"크~응!"

나는 뛰어올랐다. 자유롭게 하늘을 나는 건 불가능하지만 높게 뛰어오르는 건 가능하다.

와이번 보다 높게 뛰어올라 휙 하고 돌며 와이번의 등을 향해 곰 킥을 날린다. 하지만 와이번은 날개를 펄럭이며 킥을 피했다.

비겁해.

이쪽은 공중에서 방향을 바꿀 수 없는데 혼자 공중에서 방향을 바꾸다니 비겁하다.

곰 킥을 맞추지 못한 나는 지면에 착지했다. 그곳으로 와이번 중 한 마리가 날카로운 발톱을 세워서 공격을 가했다. 저 발에 잡히면 쉽게 벗어날 수 없을 거다.

나는 옆으로 피했다. 내가 있던 곳에 와이번의 발톱이 박혔고 지면에 구멍이 뚫린다. 곰 옷을 잡히면 구멍이 뚫릴까?

아플 것 같으니 시험할 생각은 들지 않는다.

와이번은 날개를 펼치더니 재차 날아오르려 했다.

놓치지 않아.

지면에 내려와 준 상대를 놓칠 생각은 없다.

나는 바람 마법을 사용해 회오리를 일으켰다. 와이번은 날개를 접어서 방어했다. 나는 상관하지 않은 채 화염을 날렸고 파이어 토네이도가 와이번을 휘감았다.

아무리 그래도 이렇게 하면 데미지를 주지 않을까?

파이어 토네이도가 사라지자 남겨진 건 구워진 와이번의 모습이었다.

"해치웠나?"

와이번의 날개가 천천히 열렸고 날개는 엉망이었다. 하지만 파이어 토네이도를 견뎌낸 모양이다.

그렇게 방어력이 높은 거야?

마물은 마력에 따라 방어력이 올라간다고 해도 너무 견고한 거 아냐?

기습에 무저항일 때는 간단하게 무찔렀는데 정면으로 싸우면 귀찮은 상대다.

그렇지만 저 날개로는 더 이상 날지 못할 거다.

나는 곰 박스에서 미스릴 나이프를 꺼내 들었다.

오른손의 검정 곰 인형 장갑에는 무늬가 검은 곰돌이 나이프.

왼손의 흰 곰 인형 장갑에는 무늬가 하얀 곰순이 나이프.

각각의 곰 인형 장갑에 나이프를 쥐었다.

자, 벨 수 있을까? 만약 안 되면 제작자인 가잘 씨에게 한소리 해야지.

나는 달려들었다. 나이프에 마력을 담는다. 와이번은 다친 날개로 버텼지만 미스릴 나이프가 간단하게 날개를 갈랐다. 와이번

날개의 방어가 느슨해진다. 나는 그대로 뒤로 돌아가 성가신 날개를 잘라내려고 했다. 그렇지만 그 순간 기다란 꼬리로 옆에서 후려치려 했다. 나는 팔을 올려 곧바로 막았으나 튕겨 날아갔다.

와이번이 날개를 펼쳐 하늘로 도망가려 했는데 미스릴 나이프에 의해 날개에 치명적인 데미지를 입은 와이번은 하늘을 날 수 없었다.

내가 곧바로 자세를 바로잡고 공격을 가하려 하자 다른 한 마리의 와이번이 화염을 내뿜으며 방해를 했다. 그 화염을 바람 마법으로 상쇄시켰다.

귀찮게 하네.

곁눈질로 곰돌이의 상태도 살핀다. 곰돌이도 와이번과 싸우고 있다. 얼른 이쪽을 정리하고 달려가지 않으면 안 돼. 다행인 건 와이번이 내 쪽에 두 마리가 와 있다는 점이다. 곰돌이가 두 마리의 와이번에게 공격을 당했다면 졌을지도 모른다.

게다가 세 마리를 동시에 상대하면 더 힘들었을 거다.

곰돌이가 한 마리를 잡아두고 있는 사이에 무찔러야 한다.

나는 다리에 마력을 담아 순발력을 올렸다. 와이번이 꼬리를 휘둘렀지만 피했다. 그리고 그 꼬리를 곰돌이 나이프로 잘랐다. 그대로 와이번에게 접근해서 뒤돌아보는 찰나에 반대쪽 곰순이 나이프로 와이번의 목을 베었다.

나이프는 손으로 벤 감촉이 남는다. 마법과 달리 잘라낸 감각이 전해져왔다. 그렇지만 지금은 그런 것을 따지고 있을 상황이 아니다. 얕게 베인 탓에 와이번은 움직이려고 했다. 나는 곰돌이 나이프를 가로로 휘둘러 다시 목을 베었다.

와이번은 마지막으로 크게 날개를 펼치더니 지면에 엎어졌다.

이것으로 한 마리는 처리했다. 남은 건 두 마리다.

와이번 한 마리가 쓰러지자 상공에 있던 다른 와이번이 「그아아」 하고 울며 내려왔다. 이 와이번을 무찌르면 곰돌이가 있는 곳으로 갈 수 있다.

나는 흘깃 곰돌이 쪽을 봤다. 곰돌이는 조금 떨어진 장소에서 와이번과 싸우고 있었다.

와이번은 곰돌이를 향해 화염을 내뿜는다. 곰돌이는 점프해서 피했다.

상공에서 공격을 할 수 있는 와이번과 하늘을 날 수 없는 곰돌이. 압도적으로 곰돌이가 불리하다. 그렇지만 곰돌이는 도망치지 않고 싸웠다.

와이번의 커다란 발이 곰돌이를 낚아채려는 듯 공격했다.

"곰돌아!"

"크~응!"

곰돌이는 와이번의 발톱을 피하고 와이번의 몸에 몸통 박치기를 했다. 와이번은 지면에 쓰러졌다. 그곳에 곰돌이가 공격을 가했다.

곰돌이의 새빨간 발톱이 와이번의 날개를 찢었다. 날개에서 피가 튀긴다.

오오, 곰돌이는 강하네.

곰돌이의 발톱은 마력을 담으면 빨갛게 변하고 공격력이 오른다. 명중하면 그 나름대로 데미지를 줄 수 있다는 것은 알고 있었는데 와이번의 날개를 벨 수도 있는 모양이다.

와이번은 날개를 다쳤지만 날아올랐다. 저쪽은 괜찮을 것 같다.

"곰돌아, 무리하면 안 된다. 내가 나머지 와이번을 무찌를 때까지 붙잡아두기만 하면 돼."

"크~응!"

얼른 두 마리째를 무찌르고 곰돌이가 있는 곳으로 가고 싶다.

나는 나이프를 감아쥐고 상공에 있는 와이번을 쳐다봤다. 와이번이 날개를 펄럭이며 바람을 일으켜서 모래와 나뭇잎이 흩날렸다.

나는 바람 마법을 사용해 그것을 상쇄시키고 와이번을 향해 얼음 화살을 날렸다. 와이번은 피했고 이어서 나에게 공격을 했다.

나는 후방으로 뛰어서 피한 뒤 반동을 이용하여 앞에 있는 와이번을 향해 달렸다. 와이번의 품으로 들어감과 동시에 나이프로 찌르려고 했는데 옆에서 긴 꼬리가 덮쳤다.

같은 수법은 통하지 않지. 나는 와이번의 꼬리를 몸을 숙여서 피했다. 꼬리가 다 휘둘러지고 멈춘 순간에 나이프로 베었다.

하지만 얕았다. 와이번은 나를 향해 부리를 찍었다. 나는 부리의 옆쪽에 곰 펀치를 날렸다. 부리가 돌아가서 옆을 향하자 눈앞에 와이번의 무방비한 목이 보였다.

기회다.

나는 목을 노리며 밑에서부터 나이프를 휘둘렀다. 베었다고 생각한 순간, 조금 전 피했던 꼬리가 돌아왔다. 꼬리 쪽이 빨랐고 나는 튕겨 나가 지면을 뒹굴었다.

그렇지만 곰 장비 덕에 데미지는 없다.

좋은 기회였는데 놓쳐버렸다.

그리고 와이번은 날개를 펼쳐 하늘로 도망치려고 했다. 여기서 놓치면 성가시다. 그렇게 생각한 찰나, 와이번의 뒤에서 곰돌이가 몸통 박치기를 했다. 와이번은 하늘로 날아오르지 못하고 균형을 잃은 채 지면으로 쓰러졌다.

"곰돌아!"

곰돌이의 뒤에서 와이번이 곰돌이에게 공격을 가했다.

나는 오른손에 든 곰돌이 나이프를 던지고 뛰기 시작했다. 곰돌이 나이프는 와이번의 몸 중심에 깊숙이 꽂혔고 와이번의 움직임이 둔해졌다. 나는 달리면서 곰 인형 장갑에 마력을 모았다. 곰 인형 장갑이 전격을 둘렀다.

나는 곰돌이와 스쳐 지나갔다. 그리고 뛰어올라 곰돌이를 공격하려 했던 와이번에게 전격 곰 펀치를 꽂았다.

전격 곰 펀치가 와이번에게 명중해서 와이번은 경직됐다. 와이번은 날개를 움직이지 못하고 나와 같이 지면으로 떨어졌다.

와이번은 몸부터 지면으로 떨어졌고 나는 제대로 착지했다. 나는 그대로 미스릴 나이프를 쥐고 와이번의 목을 베었다.

나는 곧장 곰돌이가 있는 곳으로 달려갔다.

곰돌이는 쓰러져 있는 와이번에게 곰 펀치를 먹이고 있다.

"곰돌아, 비켜봐."

내가 부르자 곰돌이는 와이번에서 떨어졌다. 쓰러져 있는 와이번의 목을 곰순이 나이프로 베었다. 모든 와이번이 지면에 쓰러졌다.

"……끝났다."

"크~응."

"곰돌아, 고마워."

나는 곰돌이를 부드럽게 쓰다듬으며 고맙다고 말했다.

395 피나, 숨겨진 방에 관해 얼버무리다(4일 차)

유나 언니는 저희를 남기고 방에서 나갔어요.

표정은 걱정하지 말라고 말하고 있었어요. 유나 언니는 곰돌이와 함께 마물이 모여든 섬으로 돌아갔습니다. 「가지 말아요」라고 말하고 싶었지만 막을 수는 없었어요. 그리고 유나 언니가 방에서 나가고 문이 천천히 닫혔습니다. 그런 문을 곰순이가 바라보고 있어요. 분명 쓸쓸한 걸지도 모릅니다. 그런 곰순이에게 슈리가 안겼습니다. 곰순이가 있는 것만으로 슈리는 안심하고 있어요. 그렇지만 시아 님은 조금 불안한 표정을 짓고 있네요.

"피나, 여기는 정말 괜찮은 거니?"

이곳은 크리모니아에 있는 유나 언니의 집 지하예요. 마물에게 습격을 당할 일은 절대로 없죠. 하지만 그런 사실을 시아 님에게 말할 수는 없습니다. 이곳이 크리모니아의 집이라는 건 비밀이에요.

애초에 곰 문이 크리모니아에 있는 집의 지하로 연결되어 있다는 말은 설명해도 믿어주지 않을 겁니다.

그러니까 저는 이렇게 대답합니다.

"네, 이 방은 어떤 마물이 와도 끄떡없어요."

저는 단언합니다.

이 곰 문은 여러 곳으로 연결되어 있다고 해요. 그러니까 닫힌 순간 원래의 장소와는 연결이 끊어진다고 합니다. 밖에 있는 문을 공격해서 망가뜨려도 이 방의 문은 아무렇지 않죠.

그러니까 무슨 일이 일어나도 이 방은 안전하다고 했어요. 그렇지만 유나 언니가 농담으로 「크리모니아가 마물에게 공격을 받는다면 이곳도 위험할 수 있지만 말이야」라고 웃으면서 말했어요.

그럼에도 지하의 방 안은 안전할 겁니다.

시아 님은 의자에서 일어나더니 방안을 돕니다. 그리고 곰 문이 있는 곳으로 향합니다.

문은 양쪽으로 되어 있고 좌우에 곰이 새겨져 있습니다. 이 문을 열면 여러 장소로 갈 수가 있어요. 정말로 신기한 문입니다. 어쩌면 유나 언니는 이 문을 사용해서 크리모니아로 온 걸지도 몰라요. 전에 어디에서 왔냐고 물었더니 「엄청나게 먼 곳이야」라고 했었어요. 그렇지만 두 번 다시 돌아가지 못하는 분위기였으니까 아닐지도 모르겠네요. 문이 있으면 돌아갈 수 있으니까요.

곰 문을 시아 님이 잡더니 손에 힘을 줍니다.

"어라, 안 열리네?"

시아 님은 밀거나 당겼지만 문은 꿈쩍도 하지 않습니다.

"시아 님, 그 문은 열지 못할 거예요."

"그래?"

"유나 언니가 말했는데, 그 문은 유나 언니만 열 수 있다고 해요. 그러니까 마물도 사람도 들어올 수가 없어서 안전하다는 거죠."

도적이나 무서운 사람이 와도 이 문을 열 수는 없습니다.

"그러면 옆의 벽을 무너뜨리면……."

시아 님은 콩콩, 하고 문 옆의 벽을 두드립니다.

"아마 무너뜨리지 못할 거예요."

"정말로 이 방은 단단하구나."

단단하다고 해야 할까, 크리모니아 마을의 유나 언니 집 지하예요. 그 벽 너머에는 흙만 있을 겁니다. 그러니 이쪽에서 친다고 해도 무너지지 않을 겁니다. 어쩐지 시아 님에게 거짓말을 하는 것 같아서 마음이 아파요.

"그래도 이러면 창문도 없고 아무것도 없어서 바깥 상황을 전혀 알 수 없잖아. 여기가 안전하다고 해도 바깥 상황을 알지 못하면 조금 불안한데……."

이 방에는 창문도 없습니다. 뭐, 지하니까 어쩔 수 없죠.

시아 님은 문을 열려는 것을 포기하고 돌아왔습니다.

"무슨 일 생기면 곰순이가 알려줄 테니 괜찮을 거예요."

"그렇네. 곰순이는 마물이 다가오면 알려주지."

"크~응."

곰순이가 시아 님의 말을 듣고 웁니다. 「맡겨줘」라고 말하는 걸까요? 유나 언니가 아니라서 곰순이가 뭐라고 말하는지 알지 못합니다.

유나 언니가 곰돌이와 곰순이의 말을 이해할 수 있는 게 부러워요. 저도 곰돌이와 곰순이랑 대화를 해보고 싶습니다.

“그건 그렇고, 유나 씨네 집은 곰투성이네. 이 집도 곰이고, 문도 곰이잖아. 본인은 놀림당하는 걸 싫어하면서 곰 복장을 입고 있고…….”

“곰을 좋아해서 놀림을 당하는 게 싫은 걸지도 모르죠.”

“그러면 이해가 되네. 그렇게까지 곰을 좋아하는 사람은 처음 봤어. 그래서 곰 소환수까지 손에 넣을 수 있었던 건가?”

그럴지도 모르겠네요.

집도 곰이고 멀리서 대화할 수 있는 마법 도구도 곰의 모양을 하고 있고, 탈것도 곰이에요. 유나 언니는 곰을 많이 좋아하나 봅니다.

대화를 나누면서 시아 님도 진정이 된 모양이에요. 그리고 슈리의 모습을 봤더니 곰순이에게서 떨어져 냉장고를 열고 있습니다.

“슈리?”

“언니, 푸딩이랑 케이크가 들어있어. 먹어도 될까?”

슈리가 먹고 싶어 합니다.

조금 전까지 마물이 가득한 곳에 있었는데 제 여동생에겐 긴장감은 없나 봐요.

그래도 유나 언니에게 이 방을 사용할 일이 생기면 「모두를 안심시켜줘」라고 부탁 받았습니다. 아무래도 걱정할 필요는 없는 것 같네요.

"아마 괜찮을 것 같은데……. 너무 많이 먹으면 안 돼."

"응!"

슈리는 푸딩과 케이크를 꺼내더니 곰순이의 등 위로 올라가 먹기 시작합니다.

아아, 곰순이에게 흘리면 안 돼.

"슈리, 내 몫도 있니?"

"있어."

푸딩을 먹기 시작한 슈리를 본 시아 님도 냉장고에서 케이크를 꺼냈습니다.

"피나도 먹을래?"

"네, 고맙습니다."

부탁하자 시아 님이 제 몫의 케이크도 꺼내주십니다.

우선 제가 불안해하면 안되니까 시아 님과 함께 케이크를 먹었습니다. 역시 맛있네요.

그렇지만 유나 언니 혼자서 마물이 있는 섬에 남겨져 있는데 이렇게 느긋하게 있어도 되는 걸까요?

"유나 씨, 괜찮을까?"

시아 님이 케이크를 먹으면서 중얼거립니다.

"유나 언니는 강하니까 괜찮을 거예요."

시아 님과 슈리를 불안하게 만들 수는 없습니다.

"유나 씨, 그런 차림을 했는데 무척 강하단 말이지. 블랙 타이거를 무찔렀을 때는 대단했어. 그 후에도 100마리 정도의 울프를 혼자서 무찔렀고……."

타이거 울프에 블랙 바이퍼, 고블린 킹, 스콜피온도 무찔렀습니다. 정말로 유나 언니는 대단해요.

"게다가 무슨 일이 생기면 유나 언니가 돌아올 거예요."

"그렇겠지. 블랙 타이거를 무찌를 정도잖아. 볼까마귀 정도라면 걱정하지 않아도 될까?"

"시아 님, 볼까마귀는 강한가요?"

볼까마귀의 이야기는 그다지 들은 적이 없어서 강한지 모릅니다.

"으음, 보통 사람에게는 위협적이긴 하지. 유나 씨 정도라면 위험은 없지 않을까? 유나 씨는 검도 마법도 사용할 줄 알고, 기사단장인 르툼 님에게 이길 정도로 세니까 볼까마귀 정도는 괜찮을 거야."

르툼 님이라는 분, 분명 학원제에서 유나 언니가 겨뤘던 기사님이었을 겁니다. 그때의 시합은 대단했어요. 유나 언니는 멋있었습니다.

"그래도 이 방에서 나가지 못하는 건 따분하네."

얼마 지나지 않아 시아 님이 중얼거립니다.

푸딩도 케이크도 다 먹으니 할 일이 없습니다.

"앗, 게임이다."

슈리가 책장의 상자에서 놀이 도구를 발견했습니다. 슈리가 발견한 건 오셀로와 트럼프입니다. 그러고 보니 유나 언니가 시간을 보낼 때는 이걸 하라고 했던 것을 잊고 있었어요.

사람은 아무것도 하지 않고 가만히 있으면 나쁜 방향으로 생각을 하니까 게임을 하며 놀면 기분이 풀릴 거라고 했습니다.

슈리, 잘 찾았어.

“분명 트럼프 카드라고 했던가?”

전에 왕도에 갔을 때 이걸로 같이 놀았던 적이 있어요.

“그래도 그쪽은 본 적이 없는데.”

“오셀로야. 시아 언니, 같이 하자.”

“괜찮지만 하는 방법을 알려줄래?”

“응.”

슈리는 시아 님에게 오셀로의 놀이 방법을 알려줍니다.

“간단한 놀이네. 그럼 겨뤄보자.”

다 같이 오셀로로 놀게 되었습니다.

탁, 탁탁. 하얀색 두 개가 검정이 됩니다.

탁, 탁탁탁. 검정 세 개가 하얀색이 됩니다.

검은 곰이 흰 곰으로 바뀝니다. 알려주지 않아도 승패는 알 수 있을 정도로 차이가 생겼습니다.

“또 졌다~.”

"곰순아 이겼어."

시아 님에게 이긴 슈리는 기뻐하며 곰순이에게 안깁니다.

"아까는 피나에게 지고, 슈리에게도 졌어."

"어쩔 수 없어요. 시아 님은 처음 하시는 거잖아요. 저랑 슈리는 고아원 아이들하고 자주 해서 이기는 법을 알고 있어요."

"이 오셀로라는 게임은 단순해도 전술이 있어서 재미있네. 상대에게 일부러 두게 한다든가 나중에 되돌릴 것도 생각하고, 말을 희생시켜서 모서리를 잡으려고 한다든가 말이야. 여러 가지로 생각해야 하네."

"많은 돌을 얻는 것만으로는 이기지 못하죠."

"이것도 유나 씨가 만든 거야?"

"네, 아이들이 가지고 놀 도구로 말이에요. 그리고 잘은 모르지만, 생각하는데 도움이 된다고 했어요."

오셀로는 상대가 무엇을 생각하고 있는지 알기 위한 공부가 된다고 했습니다.

그러고 보니 어디에 상대가 말을 둘지 상상하며 다음에 둘 곳을 생각합니다. 그러니까 예상 밖의 장소에 상대가 두면 놀라기도 하죠.

그리고 트럼프에는 숫자를 더하거나 빼는 게임도 있습니다. 모두 하고 싶어서 열심히 덧셈 뺄셈을 공부합니다.

그래서 고아원 아이들은 간단한 계산은 할 수 있게 되었죠.

“이 게임은 머리를 사용해야지, 생각 없이 하면 이기지 못하잖아. 이기고 싶다면 여러 가지 상황을 고려해야 하니까.”

유나 언니는 어릴 적부터 생각하는 습관을 가져야 생각하는 힘이 몸에 깃든다고 했습니다. 명령 받은 대로만 하는 사람이 아니라 스스로 생각할 수 있는 사람이 되었으면 좋겠다고 했죠.

생각하는 건 매우 중요한 것이라고 했습니다.

그리고 그림책으로 글자 공부도 하고 있습니다. 원장 선생님과 리즈 씨, 니프 씨가 읽어주고 있어서 아이들도 자연스럽게 외우고 있습니다.

고아원에는 여러 그림책이 있지만 가장 인기 있는 건 유나 언니가 그린 그림책입니다. 곰 님 그림책은 제가 등장해서 창피하지만 말이죠.

유나 언니는 그림책의 뒷부분을 이어서 그리고 있을까요?

제가 그런 생각을 하고 있는데 시아 님이 입을 열었습니다.

“피나, 슈리, 한 번 더 승부야.”

“응, 좋아.”

“네.”

두 사람은 유나 언니를 잊고 오셀로와 트럼프에 무아지경입니다.

그래도 유나 언니가 돌아오는 게 늦어지면 걱정할 거예요.

그러니까 유나 언니, 얼른 돌아와 주세요.

트럼프와 오셀로가 끝나고 시아 님이 문을 바라봅니다.
“아무리 그래도 유나 씨가 늦네. 괜찮은 걸까? 곰순아, 바깥은 괜찮은 거야?”
조금 불안해합니다.
어쩌면 지금까지 시아 님은 슈리가 걱정하지 않도록 참고 있던 걸지도 모릅니다.
“크~응.”
잘 모르지만 곰순이는 걱정 없다는 느낌으로 울고 있는 것 같습니다.
“곰순이가 그렇게 말한다면 괜찮은 건가.”
시아 님도 똑같이 느낀 모양입니다.
“그러면 나도 바깥에 나가고 싶은데 문은 열리지 않는 거잖아.”
“네. 도적도 들어오지 못하도록 해놔서 유나 언니만 열 수 있어요.”
“그런데 유나 씨에게 만약의 일이 생긴다면 우리는 이 방에서 나갈 수 있는 거야?”
그 문으로 나가지는 못합니다. 숨겨진 문을 통해서만 나갈 수 있습니다. 그렇지만 그건 아직 말할 수 없습니다.
“그게, 그건…….”
“피나는 뭔가 알고 있는 모양이네.”
“죄송해요.”
“그러면 유나 씨가 돌아올 때까지 한 번 더 승부를 겨뤄볼까.

이번엔 지지 않겠어."

시아 님은 미소를 짓더니 억지로 묻지는 않았습니다.

그런 뒤 우리는 한 번 더 오셀로와 트럼프를 했습니다.

그리고 조금 지나서 곰 문이 열렸습니다.

396 곰 씨, 섬을 탈출하다 (4일 차)

조금 애를 먹긴 했지만 무사히 와이번을 무찌를 수 있었다. 당연한 이야기지만 자고 있던 무방비 상태의 와이번과 덤벼드는 와이번은 방어력이 현저하게 달랐다. 그때는 정말로 자고 있어서 다행이었다. 만약 일어나 있는 와이번과 싸웠다면 귀찮은 일이 되었을 거다.

하늘을 보니 긴 목은 사라져있었다.

"이것으로 끝난 건가?"

탐지 스킬을 발동하여 몇 번이고 확인했지만 볼까마귀의 반응도, 와이번의 반응도, 크라켄의 반응도 없다. 새롭게 마물이 다가오는 일도 없었다. 아무래도 정말로 끝이 난 모양이다.

나머지는 와이번을 회수하고 피나와 아이들을 데리러 가는 것뿐이군.

잠시 숨을 좀 돌릴까 싶었는데 곰돌이가 「크~응」 하고 울었다.

"왜 그래?"

곰돌이가 바다를 바라보고 있었다.

나는 곰돌이가 쳐다보는 해안으로 시선을 보냈다. 바다에서 기분 좋게 바람이 분다. 바다를 보니 무언가 위화감이 느껴졌다. 뭔가 이상하다.

자세히 보니 소용돌이가 사라지고 바닷물의 흐름이 바뀌어 있었다. 파도는 왼쪽에서 오른쪽으로 치고 있는 것 같다. 마치 배가 움직이는 느낌이다.

나는 곰 씨 지도를 열었다. 틀림없이 섬이 움직이고 있다. 심지어 서서히 속도가 빨라지고 있다.

큰일이다. 시간이 지나면 미릴러 마을에서 멀어질 거다. 돌아가는 게 힘들지도 모른다.

서둘러 피나와 아이들을 데리고 돌아가야겠다.

크라켄 3형제와 와이번의 회수는 뒤로 한 채 나는 달렸다. 그 뒤를 곰돌이가 따라왔다.

돌아가기 전에 한 가지만 확인해야 했다.

전력으로 달려 순식간에 벚나무가 있는 장소에 다다랐다. 벚나무 꽃잎의 빛은 잦아들었고 비눗방울도 사라져 환상적인 광경은 없었다.

벚나무의 주위를 확인한 나는 이곳에 온 목적 중 하나인 곰 이동문을 설치했다. 그리고 곧바로 달려가, 곰 하우스를 꺼냈던 크류나 하루크의 비석이 있는 곳까지 돌아와서 같은 장소에 곰 하우스를 꺼냈다.

꽤 긴 시간 동안 모두를 내버려뒀다. 슈리는 울고 있을지도 모른다. 시아는 불안에 떨고 있을지도 모른다. 모든 걸 알고 있는 피나는 그 탓에 곤란할지도 모른다. 모두 나를 걱정하고 있을지도 모른다.

나는 곰 하우스 안으로 들어선 뒤 곰 이동문이 있는 방으로 향했다. 그 뒤를 곰돌이가 따라왔다. 그리고 피나와 아이들이 있는 방의 곰 이동문을 열었다.

분명히 다들 나를 걱정하고 있을 거라 생각했다. 그렇지만 그곳에서 본 광경은―.

"아아아, 내 검정이. 슈리, 좀 봐줘."

"유나 언니가 게임은 진지하게 해야 재미있다고 했어요."

"그렇긴 하지만……."

시아가 테이블에 푹 엎드렸다.

"피나는 슈리보다 잘하니까. 전혀 이길 수 없잖아."

"그래도 좋은 승부가 되고 있는걸요. 시아 님은 배우시는 게 빠르세요."

테이블 위에는 오셀로와 트럼프가 있었고 모두가 즐겁게 오셀로를 하고 있었다. 나를 걱정하는 모습은 없다. 내가 밖에서 와이번과 싸우는 동안 세 사람은 놀고 있던 모양이다. 불안한 것보다는 좋지만……. 뭐라 말해야 좋을지 모를 기분이 든다.

나는 와이번이랑 싸우고 있었단 말이야. 꽤 고생했다고. 물론 와이번의 존재는 모르는 세 사람이니까 어쩔 수 없지만 왠지 슬프다. 그 와중에 곰순이가 가장 먼저 나를 알아차리고 서둘러 다가왔다.

"곰순아, 다녀왔어."

"크~응."

곰순이는 걱정한 모양이다. 곰순이는 힐링이 된다. 물론 곰돌이도 힐링이 되지.

내가 곰순이를 품에 안으니 피나와 아이들도 나의 존재를 알아차렸다.

"유나 언니!"

"피나, 돌아왔어. 모두는…… 괜찮아 보이네."

"유나 씨, 돌아오셨네요. 걱정했었어요. 문은 유나 씨만 열 수 있다고 해서."

"안전 대책으로 나 이외에는 열 수 없게 해놨거든."

거짓말입니다. 곰 인형 장갑이 아니면 열리지 않는 것뿐입니다.

슈리는 내가 있는 곳으로 오더니 안겼다.

"슈리, 다녀왔어."

"유나 언니, 어서 와."

슈리의 머리를 쓰다듬었다. 설마 걱정하고 있던 건가?

"유나 언니, 다치진 않았어요?"

"안 다쳤어."

"곰돌이도 괜찮아?"

슈리가 곰돌이에게 묻는다. 곰돌이는 「크~응」 하고 울면서 괜찮다고 어필하듯 슈리에게 몸을 가까이 댔다.

"걱정시켜서 미안. 다들 괜찮았어?"

"다 같이 게임을 해서 괜찮아요."

피나는 모두를 안심시키기 위해 애를 쓴 모양이다.

"유나 씨, 이 게임을 여러 개 가지고 계시면 하나만 주실래요? 기념품으로 가져 가고 싶어서요."

"그래, 괜찮아."

"유나 언니, 푸딩이랑 케이크 맛있었어."

테이블 위에는 먹다 남은 케이크와 다 먹은 푸딩의 컵 등이 놓여 있었다. 정말로 걱정 없이 지낸 것 같다.

그렇지만 한마디 하고 싶다. 다들, 바깥 상황을 잊었던 거 아니지?

뭐, 무서워서 울고 있는 것보다는 낫지만.

"유나 언니, 밖은 괜찮아요?"

"그러게요. 유나 씨, 마물은 어떻게 됐죠?!"

지금 떠올랐다는 듯 질문한다.

"마물은 이제 없으니까 안전해. 그렇지만 섬이 움직이기 시작했으니 얼른 섬에서 나가자."

나는 세 사람에게 방에서 나오라고 말했다.

"잠시 기다려주세요. 정리할 테니까."

"그런 건 나중에 해도 돼. 이대로라면 돌아갈 방향을 찾지 못해서 미릴러 마을로 돌아가지 못하게 되니까 곧바로 섬을 빠져나갈 거야."

곰 지도의 스킬이 있어서 지금이라면 길을 잃을 일은 없다. 하지만 시간이 지나서 곰 지도의 범위 밖으로 나가버리면 돌아갈 방향을 알 수 없다.

세 사람이 내 말을 이해했는지 허둥지둥 방에서 나갈 준비를 했다. 그리고 방을 나오고 곰 이동문의 문을 닫았다. 섬에 있는 곰 하우스에서 나온 뒤 그것을 바로 곰 박스에 담았다.

먼저 나온 세 사람은 해안가에서 바다를 바라보고 있었다.

"정말이네. 섬이 움직이고 있어."

"그럼 정말로 이 섬은 타르구이였던 거네요."

지금은 타르구이의 머리가 바닷속에 잠겨 있어서 세 사람은 타르구이가 무엇인지 아직도 잘 모를 거다.

"그건 나중에 설명할게. 지금은 일단 얼른 섬에서 나가자. 곰돌이랑 곰순이에 올라타!"

피나와 시아는 곰돌이를 타고 나는 슈리와 곰순이에게 탔다. 곰돌이와 곰순이는 달려 나가 섬 반대쪽으로 향했다. 눈앞의 바다는 타르구이의 진행 방향이라서 여기서 바다로 뛰어드는 건 위험하다. 그러니 타르구이의 뒤라고 생각되는 방향으로 탈출하기로 했다.

곰돌이와 곰순이가 달린다. 그 도중에 와이번 사체의 옆을 지났다.

"와이번?"

와이번의 사체를 보고 시아와 아이들이 놀랐다. 이어서 크라켄의 사체도 보였지만 타버려서 크라켄의 원형은 남아 있지 않다.

"유나 씨, 무슨 일이 있었던 거예요?"

"설명은 나중에. 지금은 섬에서 탈출하는 게 급선무야."

섬의 제일 끝부분에 도착해서 곰돌이와 곰순이는 바다를 향해 점프했다. 무사히 섬에서 탈출하는 것에 성공했다.

"섬이 멀어져 가네."

곰돌이와 곰순이는 바다 위에 가만히 서 있는데, 커다란 섬인 타르구이는 멀어져 갔다. 이곳으로 돌아오는 건 몇 년 후가 될지도 모른다.

우리를 태운 곰돌이와 곰순이는 미릴러 마을을 향해 바다 위를 달렸다.

"유나 씨, 조금 전의 와이번은……."

"대충 상상했겠지만, 와이번이 나타났어."

"그러면 그 와이번은 유나 씨가 무찌르신 거예요?"

"안전하게 섬을 탈출하고 싶기도 했고, 와이번을 미릴러 마을에 가게 둘 수는 없었거든."

우리가 도망치는 것은 곰 이동문을 사용하면 간단하다.

그렇지만 곰돌이를 먹이라고 생각하며 공격을 해오는 마물이다. 그런 마물이 미릴러 마을 근처에 있다고 생각하니 안심하고 크리모니아로 돌아갈 수 없었다.

"우리가 안전한 방에서 놀고 있을 때 유나 씨는 우리를 위해 싸우고 있었군요. 유나 씨에게는 항상 도움만 받아요."

"세 사람을 지키는 게 나의 역할이잖아."

세 사람에게 만약의 일이 생겼으면 후회가 막심했을 것이다.

"그래도 아쉽네요. 전설의 생물인 타르구이의 존재를 알게 되었는데 아무것도 알아낼 수 없었다니."

"그편이 나아. 크류나 하루크의 책에도 타르구이에 관해서는 알리고 싶지 않다고 적혀 있었고……. 일단 선인으로서, 크류나 하루크의 책을 불러낸 사람으로서 약속을 지켜야 하니까. 그러니까 이번 일은 우리만의 비밀이야."

"으으, 저는 불러내지 못했는걸요."

"시아도 마력을 제대로 주입했으면 불러냈을 거야. 그게 아니라면 약속을 저버리고 다른 사람에게 말하려는 마음을 가진 사람이었다거나……."

"그렇지 않아요. 소문내지 않을 거예요. 유나 씨가 말한 대로 마력을 주입하는 방식이 잘못됐던 모양이에요."

시아는 부정했다. 당연히 스스로를 악인이라 생각하고 싶진 않겠지. 사실, 저 비석에서 책을 불러내는 조건은 애매하다.

"피나도 슈리도 말하면 안 된다?"

"응."

"네, 그래도 우리가 자리를 비웠던 건 어떻게 하죠? 노아 님은 분명히 알아차리실 것 같은데요."

원래라면 조금 더 빨리 돌아갈 예정이었다.

이미 해가 저물어간다.

그건 충분히 있을 수 있다. 노아가 우리가 없다는 것을 못 알아차릴 리 없겠지.

"그럼, 크류나 하루크와 타르구이, 그리고 마물에 관해서는 비밀로 하고 주변을 탐험했다고 하면 되지."

"그래도 노아를 데리고 가지 않았던 이유는 유나 씨가 설명해 주세요."

"그건 언니인 시아가……."

"무리예요. 반대로 유나 씨와 곰돌이와 곰순이랑 놀았다고 생각해서 추궁을 당할걸요. 그러니 제가 도움을 받고 싶을 정도예요."

시아가 따라가고 싶다고 해서 이렇게 됐잖아.

그래도 비밀을 지켜주는 대신이다. 그 정도는 내가 해야겠지. 게다가 세 사람에게 맡겼다가 허술한 점이 생겨도 곤란하다.

"알았어. 변명은 내가 할 테니까, 다들 조용히 있어야 해."

"네."

"응."

"알겠어요."

여러 일이 있었지만 모두 무사히 돌아갈 수 있어서 다행이다.

397 곰 씨, 납작하게 말린 꽃을 만들기로 하다 (4일 차)

우리는 출발한 장소의 해안까지 돌아왔다.

그리고 곰돌이와 곰순이의 등에 올라탄 채로 마을 입구까지 다다르자 문지기인 아저씨가 말을 걸었다.

"아가씨, 늦었네. 조금 걱정했다고."

"잠시 노느라 늦어졌네요."

해가 저물고 있다.

섬 탐색만이 아니라 마물이 나타나서 돌아오는 게 늦어져 버렸다. 하지만 밤이 되기 전에 돌아올 수 있어서 다행이다.

문지기 아저씨에게 인사를 하고 문을 통과해서 아이들이 놀고 있던 해수욕장에 돌아갔지만 아이들의 모습은 없었다.

곰 워터 슬라이드와 곰 방갈로만 있을 뿐이다.

"아무도 없네요."

"벌써 집으로 돌아간 모양이야."

우리는 곰 빌딩으로 향했다.

곰 빌딩에서는 빛이 나오고 있었고, 안으로 들어서자 1층 식당에 원장 선생님과 몇 명의 아이들의 모습이 있었다.

안쪽 부엌에서는 맛있는 냄새가 뿜어져 나온다. 모린 씨와 안즈 일행이 요리를 만들고 있는 모양이다.

“유나 씨, 어서 와요.”

원장 선생님이 말을 건넸다.

“다녀왔어요. 아무 일 없었어요?”

“네, 아이들은 오늘도 다들 즐겁게 놀았어요. 하지만 노아 씨가 유나 씨를 찾았어요.”

역시나.

“……저기, 무슨 말을 하던가요?”

“그게, 조금 화가 나 있었어요.”

말하기 어려운 듯 그렇게 말했다.

“혹시…… 저에 관해서도?”

시아는 자신을 가리키며 물었다.

“네, 시아 씨도 피나 양도 너무하다고…….”

“저도?”

피나는 곤란한 표정을 지었다.

노아가 볼을 부풀리며 화내는 모습이 손쉽게 상상이 되었다.

“노아는 지금 어디 있어요?”

“방으로 돌아갔을 거예요.”

지금은 방으로 가서 달래줘야 하나?

4명이 노아의 방으로 가려고 계단을 바라보니 티루미나 씨가 내려오고 있었다.

“어머, 피나, 슈리, 돌아왔네.”

“어머니, 다녀왔습니다.”

“다녀왔습니다~.”

피나는 티루미나 씨 쪽으로 다가갔고 슈리는 티루미나 씨에게 안겼다.

“돌아오는 게 늦었는데, 어디를 다녀왔던 거니?”

“그게, 그러니까…….”

“비밀이야.”

아무래도 피나와 슈리는 약속을 지키려고 입을 다물었지만, 거짓말이 능숙하지 않아 보였다.

“이런, 엄마한테도 비밀인 거야?”

“유나 언니랑 약속했거든요.”

티루미나 씨가 슈리의 머리를 쓰다듬으면서 나를 쳐다봤다.

“설마, 딸들에게 나쁜 짓을 알려주거나 하진 않았겠지?”

“나쁜 짓이라니, 뭐죠? 잠깐 근처의 섬을 탐색하고 왔어요.”

거짓말은 하지 않았다.

“섬? 정말이야?”

티루미나 씨는 피나와 슈리에게 확인했다.

“네.”

두 사람은 나를 보고 고개를 끄덕였다.

세세한 부분까지 입을 맞추지 않았기 때문에 어디까지 말하면 좋을지 모르겠나 보다.

"그러면 어째서 비밀이야?"

"그걸 듣고 다른 아이들이 가고 싶다고 말하면 곤란하니까요."

이야기를 들으면 노아만이 아니라 다른 아이들도 가고 싶다고 말을 꺼낼 가능성이 있다.

"그러게, 모두가 가고 싶다고 하면 곤란하겠네."

내 변명을 들은 티루미나 씨는 이해를 해줬다.

"그래서, 섬은 즐거웠어?"

"응, 사과가 맛있었어."

"사과?"

"응."

슈리가 고개를 끄덕였다.

"그리고, 그리고 꽃이 예뻤어."

"꽃?"

티루미나 씨는 화제가 계속 바뀌는 슈리의 이야기를 미소를 지은 채 듣고 있다. 정말로 사이가 좋은 모녀다.

"아, 그렇지. 엄마, 기념품이 있어. 언니, 꺼내 봐."

슈리에게 말을 듣고 피나는 생각이 난 듯 아이템 봉투에서 꽃을 꺼냈다.

설마 타르구이에 피어있던 꽃?

그런 소란이 있었는데 꽃을 꺾어서 피나의 아이템 봉투에 담아 뒀던 모양이다.

"어머나, 이 꽃을 나한테 주는 거야?"

"응."

"둘이서 꺾어왔어."

"고마워. 예쁜 꽃이네."

티루미나 씨는 피나에게서 꽃을 받아 들더니 기뻐했다.

"예쁜 꽃이 많이 피어있었어."

슈리는 마물에 관해서는 잊었는지 즐겁게 이야기했다.

트라우마가 되는 것보다는 좋겠지. 피나를 닮아서 강한 아이다.

"엄마도 보고 싶다."

티루미나 씨는 꽃을 보면서 말했다.

"나중에 방에 장식하자."

화병 같은 세련된 게 이 집에 있었던가?

나는 꽃보다는 먹는 걸 더 좋아한다. 꽃을 장식하는 여성스러운 취미는 가지고 있지 않아서 곰 박스에도 들어있지 않다.

하지만 화병 정도라면 흙 마법으로 만들 수 있을까.

"그건 그렇고 예쁜 꽃이네. 며칠 만에 시들어 버리는 걸 생각하니 아까워."

그것만큼은 어쩔 수 없다. 꽃은 꺾어버리면 시들기 시작한다. 카메라라도 있으면 사진에 담을 수 있지만, 이 세계에 그런 건 없다. 내가 꽃의 그림을 그릴 순 있어도 그건 슈리와 피나의 선물이라 할 수 없다.

나는 조금 고민하다 좋은 생각이 떠올랐다.

"그러면 꽃을 납작하게 말리면 되지 않아?"

"납작하게 말려?"

슈리는 고개를 갸웃거린다.

혹시 압화(押花)를 모르는 거야?

하지만 다른 곳에서 반응이 있다.

"나도 압화나 만들까."

시아는 압화에 관해서 알고 있는지 내 생각에 찬성했다. 혹시 압화는 상류층 가정에서만 만드는 건가?

"유나, 압화라는 게 뭐야?"

"간단하게 설명하자면 꽃을 책 같은 평평한 물건 사이에 끼워서 건조 시키는 걸 말하는 거예요. 그렇게 하면 긴 시간 보존할 수 있고, 액자에 넣어서 장식하면 예뻐요. 하지만 꽃이 납작해지는 게 단점이죠."

초등학교 시절에 만들어봐서 만드는 법은 알고 있다. 프로처럼은 못해도 만들 수 있을 거다.

"만드는 법에 실패하지 않는다면 시들거나 하지 않을 거예요. 꽃의 색은 변할지도 모르지만요."

수분을 제대로 빼지 않으면 상해버린다. 그 부분은 건조제가 있으면 괜찮은데……. 건조제는 이 세계에서도 팔고 있는 걸 본 적이 있다.

변색을 막기 위해서 되도록 공기에 접촉하지 않도록 밀봉해야 한다고 들은 적이 있다. 세세한 주의사항도 있지만 만들지 못할 것은 없다.

"그러면 저희 집에서 만들래요? 분명 도구는 있을 거예요. 앗, 그런데 집으로 돌아갈 때까지 꽃이……."

"꽃이라면 내가 맡을게. 내 아이템 봉투라면 시들지 않을 테니까."

"확실히, 유나 씨의 아이템 봉투는 특수하죠."

곰 박스에 담아두면 시들 일은 없다.

"슈리, 어떻게 할래?"

"안 시들어?"

"확실하게 맡아둘게."

"응, 알았어. 유나 언니, 꽃 맡길게."

티루미나 씨가 슈리의 말을 듣고 나에게 꽃을 건네줬다. 나는 곰 인형 장갑으로 받아 들고 곰 박스에 담았다.

"유나 씨, 제 것도 부탁해도 돼요?"

아무래도 시아도 같이 꽃을 꺾었던 모양이다. 세 사람 모두 여성스럽군.

"괜찮아. 피나도 꽃이 있으면 맡아둘게."

"고맙습니다."

시아와 피나의 꽃도 받아서 곰 박스 안에 담았다.

크리모니아로 돌아가면 압화를 만들겠네.

"어머. 유나 님, 돌아오셨네요."

"정말이네요."

우리가 압화에 관해 이야기를 나누고 있는데 계단에서 노아와 미사가 내려왔다. 그리고 나를 발견하고 달려왔다.

"유나 님, 어디에 가셨던 거예요. 말도 안 하고 사라지다니 너무해요. 어디에 가실 거면 저도 데리고 가주세요."

"미안해, 원래는 나 혼자서 갈 생각이었어. 피나랑 아이들에게 들켰는데 같이 가고 싶다길래……."

게다가 곰돌이와 곰순이의 등에는 더 탈 수 없었거든. 노아와 미사는 몸이 작아서 세 사람까지도 탈 수 있지만 같이 있는 마리나와 엘까지 따라오면 완전히 정원초과다.

"피나도 언니도 너무해요."

"저도 그렇게 생각해요."

노아와 미사가 볼을 약간 부풀린다. 귀여워.

"그러니까 노아와 미사를 따돌린 게 아니야."

"정말이죠? 저희가 방해되는 건 아니죠?"

"노아랑 미사가 방해라면 미릴러 마을에도 데려오지 않았어. 정말로 혼자서 갈 생각이었다니까."

나는 세 사람을 봤다.

"슈리가 화장실 가는 걸 따라갔다가 유나 언니가 어딘가 가려고 해서…….”

“화장실에서 나왔더니 유나 언니가 어딘가 가려고 하길래…….”

“나는 음료를 마시고 있는데 유나 씨가 몰래 나가려고 하길래…….”

피나와 슈리, 시아가 각자 설명했다.

“우리가 노는 동안에 그런 일이……. 으으, 다음번엔 저희도 끼워주세요.”

아무래도 많이 화가 난 것은 아닌 모양이다. 쓸쓸했던 것 같다. 그렇게 생각하니 미안한 짓을 했네.

“그런데 모두는 어디에 다녀오셨어요?”

“근처 섬을 탐색했어. 무언가 재미있는 게 없나 싶어서 말이야.”

섬에 다녀왔다는 건 티루미나 씨에게도 말했으니 이 정도는 문제없다. 어설프게 모든 걸 숨기려고 하면 괜히 의심을 받을 거고 신경이 쓰일 거다.

“섬 탐색이요? 혹시, 그 움직이는 섬인가요!”

날카롭군.

“아냐.”

아무래도 사실대로는 말할 수 없다.

“그런가요. 유나 님이라면 무조건 갔을 거라 생각했는데.”

나의 성격을 간파당하고 있어.

“그러면 저도 모두가 갔던 섬에 가보고 싶어요.”

“데려 가고 싶지만, 마물이 있어서 데리고 갈 수 없어.”

이건 사실이다.

“그래요?! 유나 님이 있으니까 괜찮을 거라고 생각하는데 위험했나요?”

“우리는 유나 씨의 집 안에서 숨어 있어서 괜찮았어. 나머진 평소처럼 유나 씨가 마물을 무찔러줬거든.”

시아가 거들어준다.

“역시, 유나 님이세요. 그래도 마물이 있는 곳에 가고 싶다고는 할 수 없네요. 마물이 있는 곳에 무리해서 데리고 가달라고 하면 유나 님에게 폐를 끼치는 거잖아요. 게다가 아버님과 어머님에게 알려지면 혼날 거예요.”

여기서 「유나 님과 마리나 씨, 엘 씨가 있으니까 괜찮겠죠」라고 말하지 않는 점이 대단하다. 착실하게 모든 일의 옳고 그름을 이해하고 있다.

“그래도, 그렇다고 해도 돌아오는 게 늦은 것 같은데요.”

“예쁜 꽃이 있어서 조금 쉬다 왔거든.”

나는 아이들에게 받은 꽃을 꺼냈다.

“크리모니아로 돌아가면 이 꽃을 납작하게 말릴 건데, 같이 할래?”

“꽃을 납작하게 말려요?”

“꽃을 건조시키는 거야. 제대로 만들면 예쁠 거야.”

“네, 만들래요. 이번에는 따돌리지 말아 주세요.”

내 말에 노아는 기뻐했다.

"미사도 크리모니아로 돌아가면 같이 만들자."

"네, 할아버님께 부탁해볼게요."

무사히 노아와 미사의 기분을 풀었고, 우리가 없었던 사이 고아원 아이들과 곰 워터 슬라이드로 놀았던 이야기를 해주었다.

고아원 아이들과도 사이가 좋은 것 같아 다행이다.

그 후 모린 씨와 안즈 일행이 만든 요리가 테이블에 올라왔고 다 함께 맛있게 먹었다.

398 곰 씨, 섬으로 돌아오다 (4일 차)

“목욕 준비를 대신해줘서 고마워.”

오늘은 우리가 돌아오는 게 늦어져서 노아와 미사, 그리고 마리나와 엘, 루리나 씨가 목욕 준비를 해주었다.

“약속했잖아요.”

오늘은 아이들과 다른 사람들이 먼저 들어가고 그다음에 피나와 슈리가 티루미나 씨와 함께 들어갔다. 나는 가장 마지막에 목욕하기로 했다.

노아와 미사도 나와 함께 들어왔다.

“노아는 청소를 해줬으니 가장 먼저 목욕해도 됐을 텐데.”

“미릴러에 오고 나서 유나 님이랑 이야기를 많이 나누지 못했잖아요.”

확실히 첫날에는 따로 놀고, 둘째 날도 따로 행동했고, 셋째 날도 떨어져 있다가 오후에 놀기로 약속했지만 나는 지쳐서 쉬고 난 뒤에 결국 타르구이에 가버렸다.

“그러니까 조금이라도 이야기를 나누고 싶었어요.”

“저도요.”

“미안.”

“그래도 내일은 같이 있어 주기로 약속했으니까 봐 드릴게요.”

오늘 일도 있어서 내일은 노아와 미사와 함께 놀기로 약속했다.

"그러고 보니 오전 중엔 마을을 구경했었지. 공부는 됐니?"

"네, 처음 보는 것들이 많이 있어서 공부가 되었어요."

노아의 말에 미사가 고개를 끄덕였다.

"저희 마을에 없는 걸 발견하니까, 저희 마을에도 있으면 좋겠다는 생각이 들었어요."

그렇게 생각하기 위해서는 자신의 마을에 무엇이 있는지를 알아야 했다. 즉, 노아도 미사도 자신들의 마을에 무엇이 있는지 이해하고 있다는 뜻이다.

노아는 자주 「마을을 산책하는 건 공부예요」라고 미소를 지으며 말을 했는데, 영주의 딸로서 정말로 공부를 위해 돌아다닌 거였구나.

"유나 언니 덕분에 저도 자유롭게 집 밖을 걸을 수 있게 되어서 최근에는 즐거워요."

미사도 즐겁게 말했다.

얼마 전까지는 바보 귀족과 함께 미사의 할아버지인 그란 할아버지가 마을을 다스리고 있었다.

그 바보 귀족과는 사이가 나빴고, 그 바보 귀족의 아들에게 미사는 괴롭힘을 당하고 있었다.

하지만 여러 일이 있어서 바보 귀족은 사라졌고 그란 할아버지는 책임을 지기 위해 아들인 레오날드 씨에게 영주 자리를 넘겨

줬다. 그래서 지금은 미사의 부모님이 마을을 다스리고 있다.

이 미소를 지킬 수 있어서 정말 다행이다.

그날 밤, 모두가 잠이 들 무렵. 나는 타르구이에 있는 곰 이동문으로 이동했다.

문을 여니 깜깜했다. 가로등도 없고 섬을 비추는 것은 달과 별의 빛 정도였다.

나는 마법으로 빛을 만들어냈다. 주위를 곰 얼굴 모양의 빛이 비춰줬다.

"곰돌아, 곰순아, 가자."

"""크~응."""

보통 사이즈인 곰돌이와 곰순이가 곰 이동문을 지나 나를 따라왔다.

곰돌이와 곰순이가 문을 통과하는 것을 확인하고 타르구이에 설치했던 곰 이동문을 넣었다. 그때는 서둘렀기 때문에 여기 설치했지만 역시 설치한다면 좋은 장소에 하고 싶다.

벚나무를 바라봤다. 벚꽃은 빛나고 있지 않았다. 조금 아쉬운 마음이다. 만약 빛이 났다면 한밤중에 빛나는 꽃이 더 예뻤을지도 모른다. 낮에는 마물이 접근해서 꽃구경할 겨를이 없기도 했다.

우선, 나는 무찌른 와이번을 회수하러 갔다.

모처럼 쓰러뜨렸으니 회수하지 않으면 아깝다.

확실히 이쪽이었을 텐데. 곰 지도를 꺼내도 타르구이가 이동을 하고 있어서 지도는 소용이 없었다. 그렇기에 주위를 보면서 기억을 더듬어 와이번과 싸웠던 장소를 찾았다.

그러나 낮과 밤은 분위기가 많이 달라서 잘 모르겠다. 무엇보다 먼 곳이 보이지 않는다는 점이 난점이다.

"곰돌아, 곰순아. 어디에서 와이번을 쓰러뜨렸는지 알아?"

"""크~응."""

나는 곰돌이와 곰순이 위쪽에 마법으로 빛을 만들었다. 곰돌이와 곰순이 위로 곰 얼굴을 한 빛이 떠올랐다.

곰돌이와 곰순이가 걷기 시작했다. 그와 함께 곰의 빛 구슬도 움직인다. 심지어 둘 다 같은 방향으로 걸어간다. 아무래도 나보다 위치 파악을 잘하는 모양이다.

내가 조용히 뒤를 따라가자 무찔렀던 와이번이 있었다.

이 외에 마물이나 동물이 없어서 무찔렀던 상태 그대로였다. 나는 모든 와이번을 무사히 회수했다.

나머지는 크라켄인데. 화염으로 타버렸단 말이지.

곰돌이와 곰순이에게 크라켄의 장소로 안내를 받았다. 다 타버려서 흐물흐물 이상한 상태가 되어 있다.

으음…… 소재가 될 것 같지는 않다. 게임이라면 어떤 방법으로 쓰러뜨리든 소재를 손에 넣는데 현실은 그렇지 않다.

뭐, 아무런 생각 없이 화염으로 공격했던 내 잘못이지만…….

이런 상태의 크라켄은 곰 박스에 담고 싶지 않았다. 하지만 방치하면 마물이 올지도 모른다. 그렇게 생각하면 바다에 버리는 편이 나은가?

"그래도 마석 정도는 갖고 싶은데. 어쩌지?"

내가 중얼거리자 곰돌이와 곰순이가 「크~응」 하고 울더니 크라켄의 사체로 돌진했다.

"곰돌아! 곰순아!"

내가 이름을 불렀을 때 곰돌이와 곰순이는 크라켄의 사체 안이었다.

그리고 잠시 뒤 곰돌이와 곰순이가 마석을 입에 물고 돌아왔다.

"……그러니까, 둘 다 고마워. 그렇지만 한 번 송환할게."

곰돌이와 곰순이의 몸에 크라켄의 파편이 들러붙어 있다. 나는 한 번 송환한 뒤 다시 소환했다.

응, 깨끗한 곰돌이와 곰순이로 돌아왔다. 정말로 편리하단 말이지. 그리고 게임처럼 소환 횟수에 제한이 없다는 게 좋아. 게임에 따라서는 횟수가 정해진 경우도 있다.

남은 크라켄의 사체는 마법을 사용하여 바다에 버렸다.

와이번과 크라켄의 마석을 회수한 내가 다음으로 향한 곳은 크류나 하루크의 비석 쪽이다. 지금 나는 크류나 하루크의 책을 갖고 있지 않다. 사라졌다고 하는 게 옳다. 나는 마지막으로 크류나 하루크의 책을 읽은 뒤 와이번에게 공격을 받았을 때 곰 박스에 무의식적으로 넣어버렸다.

그리고 미릴러의 곰 하우스로 돌아와 곰 박스를 확인했지만 크류나 하루크의 책은 없었다.

나는 비석이 있는 곳으로 다가가 비석을 만지며 마력을 주입했다. 그러자 저번과 똑같이 비석에서 빛이 났고 책이 무사히 나타났다.

사라진 책은 착실하게 비석 안으로 돌아가 있었던 모양이다.

곰 박스에서 사라졌을 때는 당황했지만 제대로 원래의 장소로 돌아와 있어서 다행이다.

그래도 정말 어떤 시스템으로 되어 있는 걸까?

나는 실험을 해보기로 했다.

그리고 실험의 결과. 크류나 하루크의 책에 관해서 알게 된 것은 아래와 같다.

비석을 중심으로 일정 거리 이상 떨어지면 책이 사라졌다. 그러니까 일정 거리 안이라면 바다 위로 나가도 사라지지 않는다. 비석이 섬의 선두 쪽에 있어서 뒤쪽으로 가게 되면 책이 사라졌다.

곰 이동문을 사용하여 이동했을 경우. 문을 열고 있는 동안이라면 책은 존재할 수 있다. 하지만 문을 닫으면 책은 사라진다.

곰 박스에 넣어놔도 일정 거리 이상 멀어지면 사라진다.

예상되는 것은 비석과 책이 보이지 않은 마력 같은 것으로 연결

되어 있고, 일정 거리 이상 떨어지면 책이 사라지는 것 같다.

책이 사라지는 방식은 마치 분자 분해가 되듯이 작은 입자처럼 변해 사라졌다. 그 현상을 봤을 때 게임을 떠올렸다. 마력으로 만드는 무기가 있었다. 사라지는 방식에 그것과 닮았다.

어쩌면 이 책은 내 마력으로 만들어낸 것일지도 모른다. 그러니 일정량의 마력이 없으면 책이 출현하지 않는다. 그렇게 생각하니까 앞뒤가 맞았다.

뭐, 어디까지나 나의 상상이다. 하지만 이런 물건을 만드는 크류나 하루크는 대단한 인물이었던 것 같다.

한밤중에 검증할 생각은 없었지만 궁금해져서 어쩔 수 없었다.

슬슬 졸려와서 어딘가에 곰 이동문을 설치하고 돌아가기로 했다.

사실은 비석 근처가 좋지만 곰 하우스를 세울 생각이기 때문에 해안과 가까우면 섬 근처까지 온 배에서 보일 가능성이 있다.

그러니까 섬의 안쪽에 곰 하우스를 세우고 싶었다.

그렇지만 어두워서 좋은 장소를 찾는 게 어려울 것 같다. 낮에 한 번 더 오는 편이 나을까?

"곰돌아, 곰순아, 비석에서 가깝고 눈에 띄지 않는 장소가 없을까?"

안 될 걸 알면서도 물어본다. 와이번을 찾아줬을 때처럼 발견해줄지도 모른다.

그러나 곰돌이와 곰순이는 「크~응」 하고 울더니 고개를 저었다.

그렇지. 온 적이 없는 곳을 알려달라고 해도 무리겠지. 나는 벚나무 쪽을 향해 걷기 시작했다. 그러자 낮에는 알아차리지 못했는데 옆에 작은 길이 있었다.

여기는 뭐가 있을까?

작은 길을 걸어가자 작게 펼쳐진 공간이 나왔다.

응?

나는 빛의 마법을 전방에 날렸다. 곰 빛에 비춰진 것은 무너진 집이었다.

설마 누가 살고 있었나?

크류나 하루크, 혹은 예전에 목숨을 부지한 사람이 살고 있던 걸지도 모른다.

나무들에 둘러싸여 있어 주위에서는 잘 안 보였다. 그래도 사이 공간에 여유가 있어서 하늘은 보였다. 낮이 되면 빛이 들어올 것 같다.

나는 이 장소에 곰 하우스를 설치하기로 했다. 곰 박스에서 여행용 곰 하우스를 무너진 집 옆에 꺼냈다.

슬슬 곰 하우스의 재고도 얼마 남지 않았다. 다음에 곰 하우스를 추가로 만들어야겠네. 외관은 간단하게 만들어도 안의 가구들은 구입을 해야 한다. 욕조나 세세한 부분도 손을 더해야 하니까 만들려면 한 번에 하는 편이 효율적이다.

다음에 곰 하우스를 만들 때는 열 채 정도 묶어서 만들까. 대중소로 만들어 두는 것도 좋을 것 같다.

나는 곰 하우스로 들어가 곰 이동문을 사용하여 미릴러 마을의 곰 빌딩까지 돌아왔다.

이것으로 타르구이에 관해서도 일단락되었고 나머지는 비는 시간에 탐색하기만 하면 된다.

타르구이가 어디로 이동할지도 기대된다.

원하는 곳으로 가지 못하는 건 아쉽지만 게임 이벤트라고 생각하면 즐길 거리가 한 가지 늘었다. 먼 곳까지 가주면 좋겠는데.

나는 꼬맹이 곰돌이와 곰순이랑 함께 잠이 들었다.

399 곰 씨, 아이스크림을 먹다 (5일 차)

어제는 타르구이 덕분에 고생했지만 이세계 특유의 경험을 할 수 있었다.

정신은 조금 피곤해도 흰 곰으로 잤기 때문에 체력은 회복되었다.

아직도 여행은 이어지고 있다.

그리고 사원 여행 5일 차가 시작됐다. 시작된다는 것은 수영복 고르기를 해야 한다는 의미이기도 하다.

원래는 집에서 뒹굴거리고 싶지만 오늘은 노아와 미사와 함께 놀기로 약속을 해서 어쩔 수 없다.

피나와 슈리는 티루미나 씨, 겐츠 씨와 함께 바다에서 논다고 했다. 어제 나와 함께 있었으니 노아와 미사에게 양보하겠다는 듯 말했다.

나는 누구의 것도 아닌데 말이다.

"하아~."

한숨을 내쉬고 포기한 채로 수영복을 고르려고 했다.

첫 번째는 피나가 골라준 비키니를 입었고, 두 번째는 원피스 수영복, 오늘이 세 번째로 고르는 거다.

개인적으로는 같은 수영복이어도 상관없는데, 셰리가 「다음에는 어떤 수영복을 입어 주실지 기대돼요」라고 말해서 같은 수영복을 입는 건 불가능하다.

내가 고른 건 하양과 검정의 투피스. 비키니와 원피스와 비교하면 가장 점잖은 수영복인 것 같다.

나는 투피스 수영복을 입은 뒤 그 위에 곰 인형 옷을 입었다.

"유나 님, 옷은 다 갈아입으셨어요?"

방 밖에서 노아가 불렀다.

"끄, 끝났어."

대답하자 수영복 차림의 노아와 미사와 시아 세 사람이 방으로 들어왔다.

"어째서 곰 님 차림이세요?"

"곰 님이네요."

"유나 씨, 수영 안 하세요?"

"수영복이라면 안에 입었어."

그저 창피할 뿐이다.

곰 하우스에서 해변까지는 약간 거리가 있다. 조금이라도 수영복 차림을 짧게 하고 싶다.

그리고 오늘은 마리나와 엘 두 사람도 미사 쪽에는 없다.

미사가 오늘은 호위하지 말고 자유롭게 행동해도 된다고 했다.

마리나는 일이라면서 미사의 곁에 있으려 했지만 미사에게 거절을 당했다. 아마 미사 나름대로 신경을 써준 거겠지.

그러니 미사는 내가 지키기로 하고 마리나와 엘에게는 미사의 마음을 이해해달라고 했다.

미사에게 휴식을 얻은 두 사람은 머뭇거리더니 모험가 길드에 가겠다며 떠났다. 일하려는 건 아니고 모험가끼리의 정보 교환을 위해서, 라고 했다. 그 마을의 이야기를 들으면 그 지역에 관해 알 수 있으니, 새로운 마을에 가서 모험가 길드에 얼굴을 비추는 건 모험가의 기본이다.

마을 근처에 어떤 마물이 서식하고 있는지, 어떤 일이 있는지, 그런 이야기를 한다고 했다. 그리고 일의 내용을 보면 그 마을의 상황을 알 수 있단다.

마물의 토벌 의뢰가 많으면 마물이 많이 발생하고 있다는 걸 알 수 있다. 도적이 있는지 없는지도 알 수 있다. 호위 의뢰의 수가 많으면 유통의 상황과 위험도를 알 수 있다고 했다.

노아에게 들었는데 마을을 다스릴 때도 길드로부터 들어오는 정보가 귀중하다고 했다.

그러니 클리프와 길드 마스터는 교류가 있고 친분이 있었던 거구나.

반대로 교류가 없고 친하지 않다면 정보를 얻을 수 없어서 그란 할아버지처럼 고생하게 되겠지. 어느 세계든 정보에는 가치가 있다는 뜻이다.

나는 노아, 미사, 시아 세 사람을 데리고 해변으로 향했다.

"오늘은 유나 언니랑 함께 놀 수 있네요."

노아와 미사는 곰돌이와 곰순이를 타고 있다. 그 뒤를 나와 시아가 따라갔다.

해변에 도착하니 이미 아이들이 놀고 있었다.

바다에서 헤엄치는 아이. 물가에서 물장구를 치는 아이. 모래사장에서 흙 놀이를 하는 아이. 워터 슬라이드에서 노는 아이. 피나와 슈리도 티루미나 씨와 겐츠 씨와 함께 놀고 있었다.

다들 즐겁게 놀고 있다.

"유나 님, 저희도 얼른 가요."

노아가 나의 손을 잡아당긴다.

"그 전에 준비 운동해야지."

다리에 쥐가 나서 물에 빠지기라도 한다면 큰일이다.

노아 일행은 순순히 나를 따라서 준비 운동을 했다.

"그런데 유나 님, 뭘 하고 놀까요?"

뭐든 좋다면 자면서 시간을 보내고 싶은데.

"유나 님, 귀찮다고 생각하고 계시죠?"

"아, 아니야."

여기에 속마음을 읽는 여자아이가 있어요.

"정말이에요? 그러면 유나 님, 헤엄치러 가요. 미사도, 언니도 괜찮죠?"

"네, 헤엄치는 모습을 유나 언니에게 보여주고 싶어요."

“나도 좋아.”

“그러면 유나 님은 곰 님을 벗어주세요.”

나는 떨떠름하게 곰 인형 옷을 벗었다.

어째서 속에 수영복을 입고 있는데 겉옷을 벗을 때는 창피해지는 걸까. 역시 초등학교 이후 수영장도 바다도 간 적이 없어서 그런가? 경험치가 낮아서라고 생각했다.

“유나 님, 오늘도 다른 수영복이네요.”

“셰리가 여러 수영복을 만들어 줬거든. 다 귀여운 수영복이라 나한테는 어울리지 않아서 조금 창피하지만 말이야.”

“그래서 곰 님 옷을 입고 있으셨군요. 그래도 괜찮아요. 유나 님의 수영복은 다 잘 어울려요.”

“맞아요, 저도 그렇게 생각해요. 무척 예쁜 것 같아요.”

“유나 씨는 항상 곰 옷차림을 하고 있어서 잘 몰랐는데. 몸이 가늘고 예쁘단 말이지.”

세 사람이 내 몸을 훑어보듯 바라봤다.

“창피하니까 그렇게 보지 말아 줄래? 게다가 노아랑 미사가 더 귀엽고, 시아가 더 예뻐.”

노아는 청색, 미사는 녹색의 비키니에 프릴이 달려서 귀엽다. 시아는 빨간 비키니라 어른스럽다.

“후후, 항상 귀여운 곰 옷차림을 하고 있으면서요?”

역시 곰 옷차림은 창피한 복장인 걸까?

"곰에는 이제 익숙해져서……."

"수영복 차림도 시간이 지나면 익숙해질 거예요. 놀러 가죠. 그런데 유나 님을 위해 많은 수영복을 만들어 주다니, 셰리는 유나 님을 많이 좋아하나 봐요."

"그냥 만드는 게 즐거웠던 거 아닐까?"

본인도 그렇게 말했고.

"좋아하는 사람을 위해 만드는 거니까 즐겁죠. 상관없는 사람의 수영복이었다면 즐겁지도 않고 몇 벌이나 만들 생각은 하지 않을걸요."

"저도 그렇게 생각해요."

노아의 말에 미사도 수긍했다. 확실히 두 사람의 말을 들으니 그렇기도 하다. 요리도 좋아하는 사람을 위해서라면 많이 만들어 주고 싶지만 상관없는 사람의 경우에는 많이 만들고 싶지 않을 거다.

나는 곰 장비 세트를 곰 박스에 담고 남겨진 곰 장갑을 곰돌이와 곰순이에게 맡겼다.

그리고 곰돌이와 곰순이에게는 곰 방갈로에 남아 있도록 한 뒤 긴급 시에는 나에게 오도록 부탁했다.

수영복 차림이 된 나는 노아와 미사에게 손을 잡히고 시아가 등을 밀어서 바다로 들어갔다.

바다는 차갑지만 기분 좋다.

노아와 시아가 물을 끼얹어서 미사와 팀을 맺고 장난을 치거나, 노아와 미사가 수영하는 모습을 보거나, 곰 워터 슬라이드로 놀았다.

그리고 몇 번이나 체력의 한계가 와서 곰 방갈로에 쓰러져 있었다.

정말로 아이들은 활기차다.

"저도 지쳤어요."

"네, 엄청나게 놀았네요."

"유나 씨처럼 지쳤어."

그렇게 세 사람은 말하지만 나보다 쌩쌩하다.

"그건 그렇고 오늘도 덥네요."

오늘도 좋은 날씨다. 하지만 햇빛이 강해서 수분 공급은 꼭 필요하다.

노아와 아이들이 수분 공급을 하고 있는데 피나와 슈리, 티루미나 씨, 겐츠 씨도 물을 마시러 찾아왔다.

"목이 말라요."

"물~."

두 사람은 냉장고에서 물을 꺼내 맛있게 마셨다.

"정말로 덥네."

티루미나 씨도 겐츠 씨도 수영복을 입고 있었다. 아무래도 셰리가 만들어 준 모양이다.

더워하는 노아와 피나 일행을 보고 나는 아이스크림을 떠올렸다.

잊고 있던 건 아니지만 꺼낼 타이밍이 없었다. 첫날에 어부들 모두가 찾아왔고 다음 날은 배에 타게 되고 내가 마을에 인사를 하러 다녔다. 어제는 워터 슬라이드를 만들고 움직이는 섬에 가 버려서 아이스크림을 꺼낼 타이밍을 놓쳤다.

하지만 지금이 딱 좋은 타이밍일지도 모른다.

"피나, 잠깐 괜찮아?"

물을 마시는 피나에게 말을 건넸다.

"왜 그러세요?"

"아이스크림을 먹을까 하는데, 바다에서 노는 사람을 모두 모아줄래? 놀더라도 휴식은 필요하니까."

수분 공급을 잊고 계속 노는 아이가 있을 수 있다. 그러면 모두 다 같이 휴식을 취하게 하는 편이 좋다.

"네, 알겠어요. 불러올게요."

피나는 물을 한 번에 다 마시고 모래사장에서 놀고 있는 모두를 부르러 갔다.

"유나 님, 아이스크림이 뭐예요?"

같이 쉬고 있던 노아가 물었다.

"차가운 과자라고 해야 하나? 바다는 더우니까 만들어 왔어."

내가 노아에게 설명하고 있는데 피나와 슈리가 불러온 아이들이 곰 방갈로로 찾아왔다.

"유나 언니, 차가운 과자가 뭐야?"

"그 전에 물부터 마시자."

"네~."

아이들은 냉장고에 들어 있는 물을 마셨다. 아이들 모두가 햇볕에 탔다. 그만큼 바다에서 즐겁게 놀고 있다는 의미다.

나는 아이들이 물을 마시는 동안에 곰 박스에서 냉동고를 꺼냈다.

피나와 슈리가 돌아왔으니 두 사람에게 도움을 받아 아이스크림이 든 컵과 스푼을 건네줬다.

"차가워."

아이스크림을 받아 든 노아는 아이스크림이 든 컵을 바라본다.

"이게 아이스크림……."

"아이스크림이라고 해서 더울 때 먹는 과자야. 녹으니까 얼른 먹어."

나는 자신의 몫의 아이스크림을 꺼내 들고 노아 앞에서 시범삼아 먹었다.

응, 혀 위에서 아이스크림이 녹는다. 노아도 나를 따라 아이스크림을 스푼으로 떠서 입으로 옮겼다. 그 순간 노아의 얼굴은 미소로 바뀌었다.

"차가워요. 입안에서 녹네요. 맛있어요."

노아는 아이스크림을 맛있게 먹었다.

"푸딩이나 케이크 때도 생각했지만, 유나 언니가 만드는 요리는 신기한 것들 뿐이에요."

“애초에 이런 맛있는 과자는 왕도에서도 먹은 적이 없어.”

미사의 말에 귀족인 시아가 아이스크림을 먹으면서 의문을 말했다.

“시아 정도의 귀족이 모른다는 건 역시 희귀하다는 건가…….”

“네, 몰라요.”

“먹은 적 없어요.”

이건 티루미나 씨의 말대로 팔면 돈을 벌 것 같긴 하네.

그래도 돈에는 곤란하지 않다. 차라리 돈을 모아 성이라도 만들까? 순간적으로 그런 생각을 했지만 필요 없겠지.

아이들이 맛있게 먹는 와중에 요리사들은 다른 시각으로 먹고 있다.

“유나, 이게 뭐야?”

“우유는 사용한 것 같은데.”

“달걀도 썼어?”

네린과 카린 씨, 그리고 안즈가 물어온다.

“간단하게 말하자면 우유랑 달걀로 만든 음식이라고 해야 하나? 출발하기 전에 피나랑 같이 만들었어요.”

“나도 도왔어~!”

피나의 이름만 나오자 슈리가 조금 볼을 부풀렸다.

“맞아, 슈리도 도와줬어.”

내가 슈리의 머리를 쓰다듬으면서 칭찬하자 이번엔 다른 쪽에서 항의의 말이 날아든다.

"어, 어째서 만들 때 저를 불러주지 않으셨어요!"

노아가 「저도 불러주세요」라고 작은 목소리로 호소했다.

"만들 생각을 했을 때 마침 피나랑 슈리가 집에 와서 도와준 것뿐이야."

게다가 모친인 티루미나 씨도 합류해서 4명이 같이 만들었다.

"유나, 이건 가게에서 팔 거야?"

아이스크림을 먹던 모린 씨가 묻는다.

"티루미나 씨도 물어보셨는데 그럴 예정은 없어요."

"그렇구나. 판매하면 잘 팔릴 것 같은데."

네린이 먹으면서 그렇게 말했다.

"만든다면 네린이 만들어야 하는데?"

"나?!"

네린은 자신의 이름을 듣고 놀랐다.

"아이스크림은 과자 쪽이니까. 크림을 사용하기도 하고, 아이스케이크도 있으니까 만든다면 네린이 만들게 될 거야. 만약 만든다면 가르쳐 줄게."

내 말에 네린은 고민에 빠진다.

"괜찮아?"

"딱히 숨길 필요는 없고 판매한다고 해도 여름 한정이 될 테니까. 그리고 한 번에 대량으로 만들어서 냉동고에 넣어두면 상하지 않을 거야. 케이크보다 편할걸?"

"으음~ 아이스크림을 사용한 케이크라……."

"아직 시간은 있으니까 천천히 생각해도 돼."

"응."

하지만 가게에서 아이스크림을 만들게 되면 스스로 만들지 않아도 되니까 큰 도움이 될 거다.

그런 생각을 하고 있는데 텅 빈 컵을 든 노아와 눈이 마주쳤다.

"유나 님, 하나 더 주세요!"

"아직 더 있긴 한데, 원래는 하루 한 개야."

내가 노아를 향해 말하자 여러 곳에서 불만의 목소리가 들렸다.

"아~."

"더 먹고 싶어."

"먹고 싶어."

"유나 언니, 더 줘."

아무래도 다들 하나로는 부족한 모양이다. 그래도 이건 마음을 단단히 먹기로 했다.

"너무 많이 먹으면 배가 차가워져서 배가 아파지니까, 이 이상은 안 돼."

내 말에 비명과 같은 소리가 들렸다. 그것을 원장 선생님과 리즈 씨가 달랜다.

과연 이라고 말해야 할지, 두 사람의 말은 나보다도 효과가 있었고 아이들은 순순히 받아들였다.

그런 뒤 아이스크림을 다 먹은 아이들은 워터 슬라이드를 타러 향했다. 나는 그런 아이들을 배웅했다.

400 곰 씨, 동네 아이들도 놀게 해주다 (5일 차)

아이스크림을 다 먹은 아이들은 활기차게 놀러 갔다.

오후도 노아와의 약속을 지키려고 함께 놀았지만 계속 놀면 지치니까 적당히 쉬기도 했다.

모래사장에 앉아 노아와 아이들이 물을 끼얹으며 노는 모습을 바라보는데 루리나 씨가 다가왔다.

"유나, 잠깐 괜찮아?"

"네? 왜요?"

혹시 문제라도 생겼나?

"저 아이들을 봐."

루리나 씨가 내 뒤를 가리켰다. 내가 뒤를 돌아보자 몇 명의 아이들이 이쪽을 바라보고 있었다.

동네 아이들이었다.

"저 아이들은 유나가 만든 곰 미끄럼틀에 흥미가 있는 모양이야. 아까부터 저 곰을 보고 있더라고. 그래서 조금 전부터 신경이 쓰였어. 어쩌면 좋을지 이야기를 해볼까 싶은데……."

즉, 저 아이들도 놀게 해주면 어떠냐는 이야기다.

"유나가 말 좀 걸어봐 줄래?"

"제가요?"

"유나는 이 마을에서 유명인이잖아?"

"그렇긴 한데……."

확실히 모르는 어른이 말을 거는 것보다는 미릴러 마을에서 나름대로 알려진 내가 말을 건네는 편이 놀라지 않을 거다.

새삼 나의 차림을 봤다. 수영복이다.

아마 이대로 말을 건네도 「언니, 누구야?」라고 하거나 알아차리지 못할 게 뻔하다.

"그럼, 옷을 갈아입고 올게요."

"어째서?"

"이 차림이면 아마 못 알아볼 거예요."

루리나 씨가 가만히 나의 옷차림을 봤다.

"……그렇겠네."

루리나 씨는 어쩐지 이해한 표정이다.

나는 곰 방갈로에 있는 곰돌이와 곰순이에게서 곰 장비를 받아 들고 평소의 곰 인형 옷으로 갈아 입은 뒤, 곰 워터 슬라이드를 보고 있는 아이들에게 말을 건넸다.

"안녕."

7살에서 12살 정도 되는 남자아이와 여자아이가 5명 있었다.

"곰 님?"

"곰 언니?"

역시 곰으로 반응하겠지.

수영복 차림이었다면 절대로 몰랐을 거야.

"혹시 같이 놀고 싶니?"

"응, 재미있어 보여."

역시 워터 슬라이드를 타보고 싶은 모양이다.

이러면 되돌려 보내거나 안 된다고 말할 수 없다.

"그러면 한번 타볼래?"

"그래도 돼?"

"괜찮아. 하지만 저 아이들이랑 사이좋게 놀아야 해? 그리고 높은 곳에서 떨어지면 위험하니까 장난치지 않기로 약속할 수 있어?"

"응."

"사이좋게 놀게."

"위험한 짓은 안 할 거야."

아이들은 약속해준다.

나는 아이들을 데리고 곰 워터 슬라이드로 향했다.

"모두들 이 아이들이랑도 같이 놀아줘."

내가 말을 건네자—.

"응, 좋아."

"좋아~."

그렇게 대답이 돌아왔다.

고아원 아이들은 순순히 받아들였다.

동네 아이들은 기뻐하며 워터 슬라이드를 향해 달려갔다.

"유나, 고마워. 조금 더 빨리 알아차리고 말을 걸었으면 좋았을 텐데."

루리나 씨는 감사 인사를 하고 곰 워터 슬라이드로 향했다.

고아원 아이들과 동네 아이들은 사이좋게 놀고 있다.

괜찮아 보이네.

안심한 나는 파도가 치는 곳에서 노아 일행과 놀았다.

"유나 님, 갑니다."

가죽으로 만든 공이 날아든다. 그걸 되받아쳤다. 설마 현실에서 이렇게 제대로 된 놀이를 할 줄을 생각도 못 했다.

"유나 님, 움직임이 느려요."

그런 말을 들어도 곰 장비가 없으면 체력이 부족한 여자아이에 지나지 않는다. 머리로는 알고 있어도 몸이 생각대로 따라주지 않았다. 곰 장비를 입고 있었던 덕에 괜히 더 그렇게 느껴진다.

곰 장비라면 내 생각과 행동이 일치했다. 생각한 대로 몸이 움직여 준다. 그렇지만 곰 장비가 없으면 뒤죽박죽인 움직임이 되어 버린다.

그렇게 이리저리 움직인 나는 평소와 같이 쓰러졌다.

"유나 님, 괜찮아요?"

"더는 안 돼. 못 움직이겠어."

여전히 체력이 없었고 놀다 지친 나는 곰 방갈로 안에서 드러누

웠다. 한 발자국도 움직일 수 없다. 노아도 미사도 시아도 쌩쌩하다. 그 체력을 조금이라도 좋으니 나눠줬으면 좋겠다.

원래의 세계에서는 은둔형 외톨이었고 이세계에서는 강화 슈트인 곰 인형 옷을 입고 있었던 탓에, 실제 몸으로는 제대로 된 운동을 하지 않았다. 정말로 체력이 없다.

공놀이를 할 때는 곰 신발을 신으면 좋았을지도 모른다.

"유나 님한테 이겼네요."

"오랜만에 이렇게 놀았어요."

노아와 미사가 쓰러진 내 옆에 앉았다. 시아는 우리를 위해 냉장고에서 음료를 들고 왔다.

"고마워."

"언니, 고마워요."

"고맙습니다."

우리는 시아에게서 음료를 받아들었다.

차가운 물이 기분 좋다. 운동해서 땀을 흘리는 것도 오랜만이다. 참고로 시아로부터 선크림을 빌렸기 때문에 피부가 타는 건 신경 쓰지 않아도 된다. 만약 피부가 탄다고 해도 저번처럼 마법으로 고치면 된다.

"나는 잠시 쉬고 있을 테니까 세 사람은 놀고 와도 돼."

"저도 지쳐서 같이 쉴래요."

노아가 그렇게 말하자 미사와 시아도 같이 쉬게 되었다.

나는 조금 신경이 쓰였던 점이 있어서 노아와 아이들에게 물었다.

“고아원 아이들이랑 사이좋게 지내고 있니?”

가끔 이야기를 나누는 모습을 보긴 했지만 기본적으로 노아는 미사, 시아, 피나, 슈리와 논다.

“가게에 있는 애들이랑은 이야기를 나눠요. 그렇지만 다른 아이들과는 그다지 접점이 없어서 이야기는 나누지 않고 있어요.”

뭐, 그렇겠지.

“게다가 제가 있으면 신경을 쓰는 것 같아서…….”

노아는 조금 속상해하며 말했다.

으음, 그런가?

보고 있을 때는 그런 느낌은 없는데. 역시 귀족과 평민 사이에는 보이지 않는 벽이 있는 모양이다.

그래도 그건 어쩔 수 없는 것일지도 모른다. 먹는 것이 부족하고 부모도 없어서 고생을 했던 고아원 아이들이다. 그에 반해 귀족으로 태어난 노아는 먹는 것에는 곤란하지 않고 예쁜 옷을 입으며 따뜻한 가정에서 자랐다.

무엇보다 영주의 딸로서 권력도 가지고 있다.

고아원 아이들 쪽이 귀족이자 영주의 딸인 노아를 어떻게 대해야 좋을지 모르는 거겠지. 과거의 피나가 그런 느낌이었다. 노아는 딱히 으스대는 아이는 아니지만 그걸 알지 못하는 사람은 귀족, 영주의 딸이라는 말을 듣고 공포를 느낄지도 모른다.

"그래도 가게에서 일하는 아이들은 평범하게 대해줘서 괜찮아요."

몇 번이나 가게를 다니면 노아의 성격을 알아주겠지.

"사실은 모두랑 똑같이 대해주길 바라는데, 어렵네요."

"가게 아이들이 괜찮았으니까 다른 아이들도 괜찮을 거야. 물론 노아가 제멋대로 굴지만 않으면 말이야."

"안 그래요! ……그렇지만 예전의 저라면 그랬을지도 모르죠. 피나를 만나고 평범한 친구를 사귀기 위해서는 제멋대로 굴면 안 된다는 걸 알게 됐어요. 제가 부탁을 하면 명령이 되니까 되도록 제 쪽에서 부탁을 하는 건 피하고 있어요. 그래도 정말로 부탁하고 싶을 땐 말해요."

정말로 10살 맞아?

보통은 이 나이에 거기까지 이해하는 건 어려울 텐데.

노아도 나날이 성장하고 있다는 뜻일까.

우리가 곰 방갈로에서 쉬고 있는데 바깥이 소란스러워졌다.

"뭐지, 저 곰은?"

"곰 아가씨가 만든 거겠지."

들은 적이 있는 목소리가 들렸다.

"이 목소리는 아버님?"

노아가 목소리에 반응했다.

곰 방갈로 입구 쪽을 봤는데 클리프와 그란 할아버지, 그리고 밀레느 씨가 들어왔다.

“어째서 이곳에 아버님이 계세요?”

“게다가 할아버님도…….”

노아와 미사가 두 사람에게 달려갔다.

“일 때문이지. 그리고 노아랑 시아가 모두에게 폐를 끼치진 않나 싫어서 말이야.”

“안 그래요.”

“안 그러고 있어요.”

“그런 것 같구나.”

클리프는 바다에서 곰돌이와 곰순이와 함께 노는 아이들을 봤다. 내가 쉬는 것과 교대로 곰돌이와 곰순이에게는 놀러 나가게 시켰다.

노아는 클리프가 한 말에 따라 곰돌이와 곰순이와 함께 노는 것을 참고 있다.

“그리고 유나에게는 시아 건에 관해 고맙단 말을 해야 해서 말이야. 유나는 없나?”

여기에 있는데요. 노아 뒤에 있는 게 전데요.

“유나 님이라면 이쪽에 있어요.”

노아가 뒤에 있던 나를 향해 시선을 옮겼다.

“유나야? 곰 옷차림이 아니라서 순간적으로 누군지 몰랐네.”

마치 내가 곰의 일부인 것처럼 말하는 건 그만뒀으면 좋겠는데.

"그건 그렇고, 아무리 너라고 해도 바다에서는 그런 복장을 하는구나."

클리프가 이리저리 나를 쳐다봐서 수건으로 몸을 가렸다.

"아버님, 여자를 그렇게 쳐다보는 건 실례예요."

노아가 내 앞에 서서 막아준다.

노아, 고마워.

"오해하지 마. 유나의 차림이 의외여서 보고 있던 것뿐이야."

"그래도 안 돼요."

"알았으니까, 화내지 마."

클리프는 나에게서 눈을 뗐다.

"그런데 밀레느 씨도 같이 오셨네요?"

"응, 편지로도 가능하지만 내가 가면 이야기가 순조로울 것 같아서. 게다가 미릴러 마을의 현 상황도 이 눈으로 보고 싶었거든."

"그러고 보니 클리프 씨가 일이라고……."

밀레느 씨의 이야기에 따르면 미사가 사는 시린 마을에도 해산물과 소금을 유통하고 싶다는 것 같다. 새로운 먹거리가 들어오면 마을의 활성화로 이어진다.

아무래도 그란 할아버지가 크리모니아에 온 것은 그 때문이었던 것 같다.

"크리모니아의 영주님과 상업 길드의 길드 마스터에, 시린 마을의 전 영주님까지 올 필요가 있나요?"

"딸들한테는 항상 이야기하지만, 내 눈으로 확인하지 않으면 안 되는 것도 있어."

"그렇지."

"결코 놀러 온 게 아니야."

마지막 말만 믿을 수 없는 건 왜일까.

"그런데 아가씨, 저건 뭐지?"

그란 할아버지가 곰 워터 슬라이드를 보면서 물었다.

"미끄럼틀이에요. 높은 곳에서 미끄러지면서 바다로 들어가는 놀이기구."

"할아버님, 재미있어요. 빙글빙글 돌기도 해요."

미사는 그란 할아버지에게 손을 휘저어 교차시키며 즐겁게 설명했다.

"네 녀석은 또, 이상한 걸 만들었군."

이상한 거라니 모두가 즐겁게 놀도록 생각해서 만들었는데 너무하네.

"그래도 재미있겠네."

밀레느 씨는 미끄럼틀을 타고 싶어 했다.

"유나, 저 미끄럼틀은 어떻게 할 거야?"

"어떻게 하다뇨?"

"유나가 돌아간 뒤에 말이야."

"정리할 건데요?"

헤엄만 치는 건 심심해서 만들었다. 아이들 중에는 수영을 못하는 아이도 있다. 그래서 워터 슬라이드와 바다에 떠다니며 놀 도구를 준비해서 즐길 수 있도록 했다.

여행이 끝나면 필요가 없어지니 돌아갈 때는 정리할 생각이다.

"저 아이들은 동네 아이들이잖아."

학교 수영복을 입지 않은 아이들은 동네 아이들이다.

"그런데요?"

"그러면 저 아이들이 슬퍼하겠네."

밀레느 씨에게 말을 듣고 동네 아이들을 봤다.

"우와아아아아!"

"한 번 더!"

"기다려!"

아이들의 활기찬 목소리가 들렸고 워터 슬라이드에서 즐겁게 놀고 있다.

밀레느 씨가 말하고 싶은 게 뭔지 알 것 같다. 워터 슬라이드를 정리하면 동네 아이들이 슬퍼할지도 모른다. 그렇다고 해서 계속 꺼내놓을 수는 없다. 우리가 돌아간 후에 놀다가 다치기라도 하면 큰일이다.

게다가 워터 슬라이드는 여름 이외엔 도움이 되지 않는다. 겨울에는 방해만 될 뿐이다.

나에게는 어쩔 도리가 없다.

"그 부분도 상담하는 편이 좋을 것 같네."

밀레느 씨는 그렇게 말하고 입을 닫았다.

401 곰 씨, 촌장의 집에 가다 (6일 차)

다음 날, 나는 클리프와 그란 할아버지, 밀레느 씨와 함께 미릴러 마을 촌장의 집으로 향했다.

"어째서 저까지."

"네가 있으면 신뢰도가 다르니까 그렇지. 나도 밀레느도 마을의 부흥을 도왔기 때문에 신용을 받고 있지만 너 정도는 아니야. 이번에는 그란 할아버지를 소개해야 하고……. 내 소개보다 네 말이 더 신뢰를 얻을 수 있어. 만약 네가 그란 할아버지랑 미사의 부모를 신뢰할 수 없다면 어쩔 수 없지만 말이야."

"말하는 방식이 치사한 거 아니에요? 그런 말을 들으면 거절할 수가 없잖아요."

여기서 돌아간다면 그란 할아버지와 미사의 부모를 믿지 않는 게 된다. 그러니 그런 식의 말을 듣는다면 거절할 수 없다.

"아가씨, 미안하네. 시린 마을에도 해산물과 소금을 들이고 싶어. 그리고 시린에서 오는 상인들을 받아달라 부탁도 하고 싶거든."

"상인이라는 건 자유롭게 왕래할 수 있는 사람 아니에요?"

"물론, 자유롭지. 하지만 신뢰 관계는 다르다네. 그자가 신용이 가는지, 그자와 거래를 해서 이익이 날지에 관해 신용을 얻는 건 시간이 걸리지. 게다가 크리모니아에 파견된 생선 요리사를 시린에도 파견해달라고 부탁하고 싶어. 무엇이 됐건 서로의 신뢰가 필요해. 그러니 내가 직접 온 거야. 그래도 그것만으로는 부족하지. 그러니까 아가씨가 받는 신뢰를 내게 조금 빌려주겠나?"

"귀족이라고 해서 위에서 명령만 하면 불만이 생길 거야. 그렇지 않아도 귀족은 좋은 이미지가 아니니까."

확실히 처음에는 으스대거나 사람들에게 권력을 휘두르는 사람이라고 생각해서, 귀족에게 좋은 이미지를 갖고 있지 않았다.

내 안의 귀족 이미지는 그란 할아버지와 같이 마을을 다스리고 있던 바보 귀족 그 자체였다. 그거야말로 내가 싫어하는 귀족의 이미지였다.

하지만 클리프와 그란 할아버지를 만나고 다른 귀족도 있다는 걸 알았다.

"그리고 우리 상업 길드도 연계해서 협력하고 싶어. 도움을 준다면 고마울 거야."

"게다가 모이는 건 네가 아는 사람들뿐이잖아."

"모험가 길드와 상업 길드의 길드 마스터에, 어업 조합의 대표, 그리고 촌장이지."

모험가 길드의 길드 마스터는 아트라 씨, 상업 길드의 길드 마스터는 젤레모 씨, 어업 조합의 대표는 쿠로 할아버진가? 촌장은 분명 쿠로 할아버지의 아들이랬나?

쿠로 할아버지의 아들과는 만난 적이 없지만 그 밖에는 내가 아는 사람들이다.

"알겠어요. 그래도 성가신 일에는 휘말리게 하지 말아 주세요."

나는 승낙했다.

그란 할아버지에게도 밀레느 씨에게도 신세를 지고 있다. 물론 보답은 했지만 서로서로 돕는 거다.

그런 이유로 우리는 촌장의 집으로 찾아갔다.

클리프가 말한 대로 모인 건 내가 아는 사람들뿐이었다. 보좌역인지 아트라 씨의 곁에 직원인 세이 씨가 있고, 젤레모 씨 옆에 아나벨 씨가 있었다.

"이번에는 모여주셔서 감사드립니다. 클리프 님도 여기까지 찾아와주셔서 감사드려요."

내가 모르는 남자가 인사를 했다. 이 사람이 쿠로 할아버지의 아드님인가?

"무리한 부탁을 한 건 이쪽이네. 고마워."

클리프가 감사 인사를 했다.

미사가 바다에 가기로 정했을 때 그란 할아버지도 오기로 해서 이번 일정이 정해졌다고 했다.

그리고 그란 할아버지는 아무도 몰라서 클리프가 그란 할아버지를 소개했다.

"이쪽은 시린의 전 영주이신 그란 포렌그람 백작이시네. 이번 일 때문에 와주셨어. 이분의 신분은 크리모니아 영주인 나와, 이쪽의 유나가 보증하지."

거기서 나한테 넘기는 거야?

"나쁜 사람 아니에요."

오히려 사람이 너무 좋아서 마을을 빼앗길 뻔했다.

"그란 포렌그람이라고 하네. 좋은 의견을 주고받았으면 좋겠군."

그런 뒤, 미릴러 마을의 대표가 각각 인사를 했다.

역시 가장 처음에 인사한 남자는 이 마을의 촌장이고 쿠로 할아버지의 아들이었다. 이름은 아람이라고 했다.

"그래서, 클리프 님의 부탁은 시린 마을까지 유통망을 넓혔으면 한다는 건가요?"

"그렇네. 그 건에 관해 이야기를 나눴으면 하네."

"그러면 우선 모험가 길드의 현 상황을 보고해도 괜찮을까요?"

아트라 씨가 손을 든다.

"상관없네."

클리프가 허가를 내리자 아트라 씨가 일어나 이야기를 시작했다.

"현재 크리모니아와의 교역 때문에 많은 사람들이 유입되고 있습니다. 그에 따라 마을의 경비로 모험가를 고용해서 치안을 지키고 있죠. 게다가 크리모니아로 이동하는 것에도 호위가 필요해서 이 이상 모험가를 늘릴 수는 없습니다."

"현 상황에서는 크리모니아까지의 호위만 있으면 괜찮네. 크리모니아에 물건이 도착하면, 크리모니아에서 시린으로 갈 호위는 크리모니아의 모험가에게 부탁하지. 최종적으로는 미릴러에서 시린으로 직접 가는 게 가장 좋겠지만 도로가 확보되어 있지 않으니 그 부분은 나중에 정비할 거야."

"알겠습니다."

아트라 씨가 앉았다.

그러자 다음으로 젤레모 씨 옆에 있던 아나벨 씨가 손을 든다.

"밀레느 씨, 저부터 해도 될까요?"

"네, 괜찮아요."

"조금 전 아트라 씨가 말씀하신 대로 미릴러 마을을 방문하는 사람은 늘어나고 있습니다. 지금까지 어부들은 자신들이 먹을 만큼만 해산물을 잡아 왔죠. 그런데 크리모니아로 보내게 된 이후로 어획량이 늘어났습니다. 그렇지만 어부의 수는 정해져 있어서 하루에 잡아들일 수 있는 해산물, 소금, 특산물에는 한계가 있습니다. 이 이상 늘리는 건 무리라고 여겨집니다."

확실히 배와 어부는 간단하게 늘릴 수 없다.

자원은 유한하다. 뭐든 상관없이 잡아들이면 고갈될 테고, 하루에 얻을 수 있는 양도 제한된다. 만약 크리모니아와 시린에게 모두 빼앗긴다면 미릴러 마을의 사람들이 해산물을 손에 넣지 못할 수도 있다.

"그 부분도 이해하고 있어요. 미릴러 마을에서 모든 것을 빼앗으려는 생각은 없으니까 안심해도 돼요."

"그러면 크리모니아와 시린은 어떻게 하실 생각이신가요?"

"시린, 크리모니아에서 지원금을 지급하여 배를 만들 겁니다. 그 배는 상업 길드에서 관리해주세요. 그리고 어업 조합에는 새로운 배를 탈 어부 육성을 부탁드립니다."

"즉, 배를 빌려주시는 건가요?"

"네, 그리고 나중에는 배를 미릴러에서 구입해주시면 좋겠다고 생각해요. 대출을 받아 배를 구매한 뒤에 어부의 재능이 없는 걸 깨닫는 사람도 있을 거예요. 임대라면 새롭게 어부가 되려고 생각하는 사람이 늘지 않을까요? 어떠신가요, 쿠로 할아버지?"

"확실히 젊은 사람이 배를 손에 넣는 건 부모나 지인에게서 인수하는 것밖에 없지. 그렇지만 배를 빌릴 수 있다면 어부가 되려는 사람도 생겨나지 않겠나. 하지만 문제는 배를 빌리는 금액이지."

확실히 비싸면 의미가 없고 너무 저렴하면 배를 사는 사람이 사라질 거다.

"그 부분은 어획량과 비교를 해봐야 알 것 같아요."

"그리고 한 가지. 이쪽도 조건이 있어요. 예전부터 바다의 것은 세계의 것이라고도 여겨지죠. 너무 많이 포획하면 천벌이 내려진다고 하고요. 그러니 어느 정도 제한을 정하도록 하죠."

확실히 일본에서도 생선을 너무 포획하는 게 문제가 되었다. 그렇지만 규모가 다르니 비교할 수는 없다.

물고기를 너무 많이 잡으면 생태계를 망가뜨리게 되므로 좋지 않다는 것은 모두 알 것이다.

밀레느 씨가 클리프를 보고 확인하는 느낌으로 고개를 끄덕였다.

"상업 길드의 관점에서 말하자면, 크리모니아로의 유통은 현 상황 유지로 문제없어요. 늘리는 만큼의 몫을 시린으로 보내면 좋겠습니다. 해산물을 크리모니아에 너무 많이 유통해버리면 다른 물건이 팔리지 않게 될 겁니다. 그렇게 되면 해산물이 들어오지 않았을 때 다른 물자가 부족해져 곤란한 일이 생길 수 있죠. 그러니 어획량은 약간만 늘리고 그걸 시린으로 보내주신다면 문제는 없습니다."

사전에 클리프와 이야기를 나눴던 모양이다.

"그리고 크리모니아에서는 새롭게 해산물 가게를 여는 것을 금지할 테니 해산물 요구량은 이 이상으로 늘어나지 않을 겁니다."

거기까지 정해놨었구나.

확실히 일본에서도 어느 먹거리가 유행하게 되면 한 번에 가게가 늘어나고 인기가 사라지면 한 번에 가게가 망하는 일이 있었다. 그 부분을 제한할 수 있다면 걱정이 없을지도 모른다.

"만약 가게를 열고 싶다는 사람이 있으면 시린을 소개해줄 생각입니다."

"그거라면 문제는 없지."

쿠로 할아버지는 입을 닫았다.

그 후 이야기를 나눈 내용은 소금 생산량을 늘리는 것과 상인을 받아들이는 것, 일의 알선 등이다.

해산물의 조리 방법 등을 알려줄 사람을 파견하자는 내용도 나왔다.

덧붙여서 미릴러에서 트러블을 일으킨 자는 두 번 다시 터널을 지나갈 수 없도록 정했다.

트러블을 일으킨 인간을 미릴러로 못 가게 하면 모험가 길드의 부담이 줄어들 거라는 이유다.

"클리프 님, 그란 님, 고맙습니다. 앞으로도 잘 부탁드리겠습니다."

촌장인 아람 씨는 대표로 고개를 숙였다.

"이쪽이야말로 잘 부탁하네."

회의를 마치고 생각했는데 내가 있는 의미가 있었나?

전에도 같은 일이 있었던 것을 떠올렸다.

402 곰 씨, 밀레느 씨와 바다에 가다 (6일 차)

클리프와 그란 할아버지는 아트라 씨와, 밀레느 씨는 젤레모 씨, 아나벨 씨와 각각 이야기를 시작했다.

그런 와중에 쿠로 할아버지와 촌장인 아들 아람 씨가 내 쪽으로 다가왔다.

"아가씨에게는 소개하지 않았었지. 아들인 아람이라네."

"저는 멀리서 몇 번인가 뵌 적은 있었지만, 이렇게 인사드리는 건 처음이네요. 아람이라고 합니다."

나이는 30대 후반에서 40살 정도인 남자다.

"저는 유나라고 해요. 촌장 일을 하느라 힘드시겠지만 열심히 해주세요."

"사실은 하고 싶지 않았어요."

"그런가요?"

"아버지와 주변 분들에게 등 떠밀린 느낌이죠."

"너 이외엔 없었으니, 어쩔 수 없지 않니."

"잔나 씨가 돌아왔으니까 맡겨도 됐잖아요."

잔나? 잊은 게 아니라면 처음 듣는 이름이 나왔다.

"무슨 말이냐. 마을을 내버리고 나간 자에게 촌장을 맡길 순 없지. 같은 일이 일어나면 또 도망칠 게 뻔해."

"혹시, 이전 촌장이 돌아왔나요?"

이야기 내용으로 봤을 때 잔나라는 인물은 도망갔던 촌장인 듯하다.

"돌아왔단다. 그렇지만 마을을 내버린 채 떠난 녀석이 있을 곳은 없지. 주민들에게 원한을 사서 촌장은 무리일 거야. 게다가 각 길드의 신용을 얻는 것도 힘들뿐더러, 나도 믿지 않아."

쿠로 할아버지는 조금 화난 듯 말했다.

"뭐야, 이전 촌장의 얘긴가?"

이야기가 들렸는지 아트라 씨와 이야기를 나누던 클리프가 대화에 끼어든다.

"클리프 씨도 알아요?"

클리프가 미릴러 마을에 왔을 때는 없었을 텐데.

"내가 있는 곳으로 촌장 자리를 되돌려 달라는 담판을 짓기 위해 직접 왔었지. 그런데 내쫓았어. 이곳은 내가 관리하는 마을이니까. 책임에서 도망치는 그런 인간에게는 마을을 맡길 수 없지."

"이전 촌장 이야기예요? 그 사람이라면 저한테도 왔어요."

이어서 이야기를 듣고 있던 밀레느 씨도 대화에 참여했다.

"그랬나?"

"네, 당신한테 말 좀 해달라는 부탁을 받았는데 쫓아냈죠."

만난 적도 없는 인물이지만 클리프한테도 내쫓기고, 밀레느 씨에게도 내쫓기다니. 조금은 동정하지만 마을을 버리고 도망친 사람이라면 어쩔 수 없나.

위에 서는 인물은 신뢰가 가는 사람이 아니면 곤란하다.

"상업 길드는 신용이 중요하잖아. 신용할 수 없는 사람과는 교섭할 수 없지."

"밀레느 씨에게 신뢰를 얻는 건 힘들 것 같네요."

"후후, 유나에게 주는 신뢰는 최대치인걸."

"그렇긴 하지."

"그렇고 말고."

클리프과 그란 할아버지까지 웃으면서 수긍했다.

"내가 유나를 믿는 마음은 누구보다도 클 거야."

"뭐, 마을을 구해줬으니까. 나도 신뢰하고 있어."

"목숨을 걸고 마을을 구해준 아가씨를 믿지 않을 수 있겠는가."

아트라 씨, 젤레모 씨, 쿠로 할아버지마저 동의했다. 그 뒤에서는 아나벨 씨와 세이 씨까지 고개를 끄덕이고 있다.

어쩐지 창피한데.

그런 뒤 촌장인 아람 씨도 클리프와 밀레느 씨의 대화에 참여해 앞으로의 일을 의논하기 시작했다.

그러던 중 쿠로 할아버지만이 이야기에 참여하지 않고 조금 진지한 얼굴로 나에게 말을 걸었다.

"아가씨, 잠시 괜찮은가?"

"네? 왜 그러세요?"

쿠로 할아버지는 확인하듯 주위를 본다.
"옆방으로 가지."
아무래도 주위 사람들에게는 알리고 싶지 않은 이야기인지, 나와 쿠로 할아버지는 방에서 나와 옆방으로 이동했다.
뭐지.
"아가씨, 고맙네."
갑자기 쿠로 할아버지가 고개를 숙인다.
"저기, 이번 일을 말씀하시는 건가요? 저는 앉아 있기만 했을 뿐인데요."
그러지만 쿠로 할아버지는 고개를 좌우로 흔들었다.
"그게 아니야. 원래는 아가씨가 비밀로 하고 싶어 하는 것 같아서 말할 생각이 없었어. 하지만 알고 있는 건 나뿐인데, 그걸 알고 있는 내가 아가씨에게 감사 인사를 전하지 않으면 누가 아가씨에게 고맙단 말을 하겠나."
무슨 말을 하는 걸까, 전혀 모르겠다.
쿠로 할아버지에게 이 정도로 감사받을 일을 한 기억이 없는데.
"죄송해요, 진짜로 무슨 말씀을 하시는 건지……."
"움직이는 섬, 이라고 하면 알겠나?"
내 머리가 풀 회전으로 움직인다.
"저기, 혹시……."
내가 움직이는 섬에 있는 모습을 들켰나?

"그 섬이 언제 움직이는지 보러 갔었다네. 지금은 일도 하지 않아서 평소에 시간이 많지. 그래서 그날도 배를 움직여서 혼자 섬 근처까지 갔다네. 그랬더니 하늘에 마물들이 나타나기 시작했지. 긴급 사태인가 싶었어. 그렇게 커다란 마물이 하늘을 날고 있었으니까."

와이번을 말하는 거구나.

"바다에서 커다란 목 같은 물체가 나왔지. 큰 마물이 하늘을 날았고. 나는 혼란스러웠어. 그때 섬에서 아가씨가 커다란 날개를 지닌 마물과 싸우고 있는 게 보인 거야."

틀림없이 와이번과 싸우고 있었을 때다.

"아가씨는 마을을 지키기 위해 남들 몰래 싸우고 있었어."

딱히 그럴 생각은 없었다.

와이번이 마을로 향한다면 큰일이 일어날 거라고는 생각했지만…….

"보셨군요."

"그 하늘을 나는 마물은 뭔가. 그리고 바다에서 나왔던 긴 목은?"

"그게…… 하늘을 날고 있던 작은 새는 볼까마귀이고, 커다란 건 와이번이에요."

"와이번!"

"그 섬에 이끌린 것 같더라고요."

"그러면 바다에서 나왔던 긴 목은……?"

말해도 되나?

"말 하지 못하는 내용인가?"

"으음~ 저도 자세한 건 모르지만 그 섬 자체가 전설의 생물이래요. 하지만 안심하셔도 돼요. 위해를 가하지 않으면 아무 짓도 안하니까요. 바다를 표류하는 섬이라고 생각하면 되요. 몇 년 후에 나타날 수도 있지만 이번처럼 섬에 가까이 가지 않으면 괜찮을 거예요."

"그렇군. 아가씨의 말을 믿도록 하지."

"고맙습니다."

우리가 방으로 돌아오자 젤레모 씨가 다가왔다.

"아가씨, 잠깐 괜찮나?"

"왜 그래요?"

"그 해변에 있는 곰에 관한 건데."

"워터 슬라이드 말씀이세요?"

"그 워터 슬라이드 말인데, 밀레느 씨와 의논했더니, 아가씨가 돌아간 뒤에도 그대로 두면 안 될까 싶어서 말이야."

"사실은 많은 문의가 들어오고 있어요."

아나벨 씨가 보충했다.

"저도 확인해봤는데, 재미있는 놀이기구더라고요. 가능하다면 마을 아이들이 사용할 수 있게 해주면 좋을 것 같아요."

"게다가 어른들이 타도 재미있을 것 같으니까."

아나벨 씨도 젤레모 씨도 워터 슬라이드를 본 모양이다.

"조금 전에 밀레느 씨에게 들었는데, 유나 씨가 돌아간 후에는 철거할 생각이시라고……."

"밀레느 씨에게도 말했지만, 관리를 하는 사람이 없으면 위험하거든요."

아이들은 무슨 짓을 할지 모른다. 높은 곳에서 떨어질지도 모르고…….

"그래, 그 부분도 상담했는데 상업 길드에서 관리해주기로 했어."

밀레느 씨가 설명했다.

"게다가 철거하면 동네 아이들이 불쌍하잖아."

확실히 타고 싶어 하는 아이가 있으면 태워주고 싶다. 관리를 착실하게 해준다면 나도 문제는 없다.

우리는 곰 워터 슬라이드에 관해 의논했다. 위험한 행동은 하지 않을 것, 관리자를 둘 것 등 자세한 지시를 전달했다.

그리고 워터 슬라이드는 계절이 바뀌고 쓸 수 없게 되면 내가 철거하기로 했다.

뭐, 산책 겸 와서 곰 박스에 담기만 하면 끝이다.

그다지 성가신 일도 아니라 승낙했다.

각각의 이야기도 끝이 나고 젤레모 씨와 아트라 씨는 클리프와 밀레느 씨에게 부탁받은 일을 처리하러 길드로 돌아갔다.

우리는 촌장의 집을 뒤로했다.

“유나, 고마웠어. 역시 네가 있으면 이야기가 순조롭단 말이지.”

“저는 앉아 있기만 했는데요.”

“그걸로 충분해. 지금부터 나는 그란 할아버지랑 마을을 둘러볼 건데, 밀레느는 어떻게 할 건가?”

“모처럼 미릴러 마을에 왔으니 저는 바다에 갈래요.”

“일은 괜찮아?”

“네, 괜찮아요. 남은 건 자세한 자료를 받은 뒤가 될 테니까요. 자료 정리랑 작성은 아나벨에게 맡겼거든요.”

즉, 오늘은 할 일이 없다는 것 같다.

우리는 클리프와 그란 할아버지와 헤어지고 해변으로 갔다.

“유나, 나도 워터 슬라이드라고 했나? 그걸 타봐도 될까?”

“괜찮긴 한데, 평상복으로는 다 젖어서 고생할걸요?”

“후후, 그거라면 걱정하지 마. 그 곰 방갈로에 옷 갈아입을 곳은 있니?”

“있는데요.”

“그럼, 빌릴게.”

밀레느 씨는 그렇게 말하더니 곰 방갈로 안으로 들어갔다. 옷을 갈아입을 곳이라니…… 혹시, 수영복?

하지만 밀레느 씨의 수영복은 분명 만들지 않았다.

그리고 잠시 후 밀레느 씨가 나왔다.

"……밀레느 씨, 그 차림은?"

밀레느 씨는 수영복을 입고 있었다.

"잘 어울려? 그런데 조금 쑥스럽긴 하네."

밀레느 씨는 비키니 수영복을 입고 있었다.

"잘 어울리긴 하는데, 그 수영복은? 혹시 셰리가 만들어줬어요?"

"아니야. 이건 테모카 씨가 만들어 준 거야."

"그럼, 테모카 씨에게 신체 사이즈를……."

"사이즈는 나르 씨가 쟀어. 유나, 무슨 생각을 하는 거니?"

잠깐, 해서는 안 될 생각을 해버렸습니다.

남자에게 스리사이즈를 들키는 건 조금 그런가. 그래도 그런 생각을 하면 오더 메이드의 옷 같은 건 만들 수 없으니 어쩔 수 없다.

"테모카 씨는 수영복도 만드시네요."

"유나가 그린 책을 참고했다고 하던데?"

테모카 씨라면 셰리에게 준 수영복 일러스트를 봐도 이상한 일은 아니다.

그건 그렇고 밀레느 씨는 사무직인데 스타일이 좋다. 나올 곳은 나왔고……. 세상에는 불공평한 일이 가득하다.

"그럼, 유나도, 수영복으로 갈아입고 가자."

내가 밀레느 씨를 보고 있자 팔을 붙잡힌 뒤 수영복으로 갈아입으라고 강요받았다.

“유나의 수영복도 귀엽네.”

나는 포기하고 순순히 수영복을 입는다.

오늘은 한 바퀴 돌아서 첫날에 입은 비키니 수영복이다.

나는 밀레느 씨에게 끌려가듯 곰 워터 슬라이드로 갔다.

“유나의 집처럼 똑같이 귀여운 곰이네.”

우리는 착실하게 줄을 서서 곰 안으로 들어가 계단을 올라갔다.

“여기는 낮아서 작은 아이들 용이에요.”

“그럼 처음에는 여기서 타볼까?”

밀레느 씨는 곰의 배에서 이어진 미끄럼틀에 앉는다. 그리고 아래에 아무도 없는 것을 확인한 뒤 타고 내려갔다.

평범하게 타고 내려가 바다에 빠진다.

밀레느 씨는 곧바로 몸을 일으키더니 곰 안으로 들어와 내가 있는 곳으로 왔다.

“유나, 재미있어.”

머리까지 흠뻑 젖은 밀레느 씨는 만면의 미소를 짓고 말했다.

“그건 다행이네요.”

다음은 계단을 더욱 올라가 곰 입과 이어진 워터 슬라이드에 도착했다.

앞에 줄 섰던 아이들이 차례차례로 타고 내려갔다.

그중에는 피나와 노아의 모습도 보인다.

그리고 밀레느 씨의 순서가 돌아왔다.

"후후, 기대된다."

밀레느 씨는 어린아이 같은 표정을 내게 보낸 후 워터 슬라이드에 앉았다.

"일단 안전하게 설계를 했지만 조심하세요."

"아이들이 타는 모습을 확실하게 봐뒀으니까 걱정 마."

밀레느 씨는 손잡이를 잡고 있던 손을 놓더니 그대로 내려갔다. 좌우로 흔들리며 빙글빙글 나선형으로 돌아 언덕을 타고 최후에는 바다에 풍덩 빠졌다.

뒤를 보니 줄 서 있는 아이가 있어서 나도 워터 슬라이드를 타고 내려갔다.

밀레느 씨와 똑같이 마지막에는 바다에 빠졌다.

몇 번이나 탔지만 재미있네.

그래도 계속 탔더니 더 재미있는 워터 슬라이드를 만들고 싶어진다.

"아이들이 계속 타는 이유를 알겠네."

그런 뒤 밀레느 씨는 계속해서 워터 슬라이드를 탔고, 수영도 하면서 바다를 만끽했다.

어쩌면 일을 구실로 놀러 온 걸지도 모른다.

403 곰 씨, 카레라이스를 만들다 (7일 차)

긴 여행은 곧 끝나고 내일은 돌아가는 날이다. 마지막 날 점심. 오늘은 내가 점심 메뉴를 만들게 되었다.

"피나, 거기 양파 껍질을 벗기고 이런 느낌으로 썰어줘."

나는 양파를 하나 들고 피나에게 본보기를 보여줬다.

"네, 알겠어요."

피나는 양파의 껍질을 벗기고 들은 대로 썰었다. 항상 집안일을 돕고 있는 피나는 솜씨가 좋다.

"안즈는 감자 껍질을 벗기고 이 정도 크기로 썰어줘."

양파와 같이 감자를 자르고 크기를 지시했다. 안즈도 익숙한 느낌으로 썰었다.

나는 당근을 집어 껍질을 깎아 한 입 사이즈로 썰었다.

"으으, 눈에서 눈물이 나와요."

피나가 눈물을 머금으며 양파를 자르고 있었다.

양파는 내가 써는 게 좋았을까?

우리가 뭘 하고 있냐면, 카레를 만들고 있다.

바다라고 하면 카레라이스다. 모처럼 데젤트 마을에서 카레의 향신료도 손에 넣었으니 마지막 날 점심으로 카레를 만들기로 했다.

그렇지만 어른과 아이를 다 합쳐 50명 가까이 된다. 혼자서 만드는 건 힘이 들기에 조수로 피나와 안즈에게 도움을 받는다.

이 만큼의 식사를 매일 만드는 건 힘들다. 그런데 안즈와 모린 씨는 매일 식사를 준비해줬다. 정말로 감사한다.

"유나 씨, 감자, 다 끝났어요."

"으으, 이쪽도 끝났어요."

각자가 자른 재료를 가지고 왔다. 피나는 눈을 비비고 있다. 양파는 눈물이 나오지.

나는 마지막으로 돼지고기를 잘라 밑 작업을 마쳤다. 어디까지나 일반적인 카레이므로 다른 재료는 넣지 않을 거다. 무엇보다 손이 많이 가니까.

인원수에 맞춰 밑 작업을 마쳤으니 냄비에 기름을 두르고 고기를 넣어 볶았다. 그리고 고기가 어느 정도 익으면 채소와 물을 넣는다.

만드는 양이 많아서 냄비를 세 개 준비했다. 추가로 맵기를 다양하게 하려고 한다.

"그런데 유나 씨, 뭘 만드는 거예요? 채소 조림?"

뭐를 만들 건지 모르는 안즈가 물었다.

"카레라는 요리야. 저번에 일을 하러 가서 향신료를 손에 넣었거든. 바다라고 하면 이 음식이 어울릴 것 같아서."

"바다라면 카레인가요? 미릴러에 오래 살았지만 들은 적이 없어요."

“딱히 바다 요리인 건 아닌데. 내가 살던 곳에서는 왠인지 바다에서 먹는 음식의 단골 메뉴 중 하나였어.”

친구가 없는 은둔형 외톨이었던 내가 바다에 갈 일은 없어서 실제로 바닷가 가게에서 카레를 팔고 있는지는 알지 못했다. 어디까지나 만화나 애니메이션의 지식이지만 바다의 음식으로는 카레와 라면이 단골 메뉴였다.

“카레라는 음식은 모르지만, 유나 씨가 만드는 건 모두 맛있으니까 기대되네요.”

“맛있으니까 기대하고 있어. 맞다, 밥 준비는 순조로워?”

“괜찮아요. 확실하게 짓고 있어요.”

역시 안즈다. 밥은 안즈에게 맡기고 나는 세 개의 냄비를 보면서 거품을 걷었다.

“유나 언니, 저도 도울래요.”

“그럼, 거기 냄비를 부탁할게.”

거품을 걷으면서 채소를 조린다. 그리고 적당한 시점에 불을 끄고 곰 박스에서 향신료를 꺼냈다.

“그러니까, 이 정도 양이면, 이만큼 넣으면 되나?”

분량을 확인하면서 몇 종류인가의 향신료를 넣었다.

미릴러에 오기 전에 분량을 확인해 두길 잘했다.

이쪽이 아이들 용인 맵지 않은 카레이고, 이쪽이 조금 매운 거, 세 번째를 아주 매운 것으로 했다. 즉, 순한맛, 약간 매운맛, 매운맛인 느낌이다. 나는 약간 매운맛이 입에 맞았다.

"어쩐지 코가 찌릿찌릿하네요. 그래도 독특한 좋은 냄새가 나요."

피나가 코를 비빈다.

"그렇네, 코를 자극하는 냄새야."

안즈가 밥을 지으면서 카레 냄새의 감상을 말했다.

확실히 코를 자극하는 카레의 독특한 향기다. 그래도 그게 식욕을 돋운다.

"이게 카레의 향신료야. 조금 맵지만 맛있어."

나는 작은 그릇에 카레를 담고 맛을 봤다.

응, 제대로 카레가 완성됐다.

원래는 여기에 장아찌가 있으면 완벽하지만 그걸 준비하는 건 무리였다.

"유나 씨, 저도 조금 먹어봐도 돼요?"

나는 두 사람에게 맛을 보게 하려고 작은 그릇에 카레를 담아 안즈와 피나에게 건넸다. 두 사람은 천천히 그릇을 받아들고 카레를 입안에 넣었다.

"어, 매운맛이 있어서 맛있네."

"색이 이상해서 불안했는데, 맛있어요."

"색은 향신료가 원인이거든. 지금 두 사람이 맛을 본 게 이쪽 냄비의 맵지 않은 아이들 용이야. 그리고 이쪽 냄비가 조금 더 맵고, 여기 있는 냄비가 제일 매운 어른용 카레야."

냄비를 보면 각각의 색이 다르다. 매워지면 매워질수록 색이 진해진다.

"이쪽도 맛볼래?"

나는 가장 매운 카레의 냄비를 가리킨다.

"맵다는 거죠?"

"매워. 그래도 이건 이것대로 맛있어."

나는 중간 맵기 정도가 가장 좋다. 순한맛은 부족한 느낌이 들고, 가장 매운맛은 매워서 맛을 즐기지 못한다. 그래서 개인적으로는 약간 매운맛이 가장 좋다.

안즈와 피나는 가장 매운맛의 카레에 도전했다. 가장 맵다고는 해도 어린아이들이 먹지 못할 정도의 맵기는 아니다. 어디까지나 나의 감각으로 인스턴트 카레의 맵기와 비슷한 느낌이다. 원래 세계에서는 혼자서 자주 인스턴트 카레를 먹었다. 하지만 메이커에 따라 맵기가 다른 건 통일해주길 바랐다. 중간 맵기인데도 가장 매운맛에 견줄 만큼 매운 것도 있었다.

두 사람은 가장 매운맛 카레를 한 입 먹었다.

"매, 매워요!"

피나가 소리친다. 나는 준비했던 물을 건넸다. 피나는 받더니 한 번에 마셨다.

"으~, 매웠어요."

피나에게 가장 매운맛 카레는 아직 일렀던 모양이다. 하지만 안즈는 괜찮은 것 같다. 짭짤한 맛에 익숙한가? 하지만 맵기의 종류가 다른데…….

"확실히 맵긴 해도 밥이랑 같이 먹으면 맛있겠네요."

"빵에 찍어 먹거나 우동이랑 같이 먹어도 맛있어."

카레 빵이나 카레 우동도 먹고 싶네. 다음에 만들어볼까.

하지만 미릴러 마을이라면 새우나 조개, 오징어를 넣는 편이 나을 거다. 해산물 카레를 만드는 것도 좋겠네.

밥도 다 지어져서 해변에서 노는 아이들을 불렀다.

"밥이다~."

"배고파."

아이들이 모여든다.

그중에는 티루미나 씨와 겐츠 씨, 루리나 씨 일행의 모습도 있다.

"오늘은 유나가 만들었구나."

"저도 도왔어요."

티루미나 씨의 말을 피나가 정정했다.

"유나, 피나는 도움이 됐니?"

"이제 시집가도 될 정도로 도움이 되었는걸요."

"어머, 그래? 정말 그렇게 되면 겐츠가 난리가 날걸. 그래도 유나가 데리고 가준다면 괜찮을까?"

"어머니!"

피나는 창피하다는 듯 티루미나 씨를 톡톡 쳤다.

나는 웃으면서 테이블 위에 카레가 든 냄비와 갓 지은 밥을 올렸다.

“그래서 유나, 뭘 만든 거야?”

“카레라는 음식이에요. 조금 맵긴 해도 맛있어요.”

나는 일렬로 줄을 서 달라 말하고 아이들부터 먼저 나눠주기로 했다. 옆에 있던 피나가 그릇을 준비했고 안즈가 밥을 그릇에 담았다.

그리고 마지막으로 내가 카레를 얹는다. 아이들에게는 순한맛의 카레다.

“이상한 향이 나.”

“코가 간질거려.”

“조금 매워도 맛있어.”

아이들은 그릇을 받아들고 자리로 돌아간다. 그리고 옆에 있던 티루미나 씨는 컵에 물을 담아 건넸다. 카레에는 물이 필요하다. 순한맛도 맵긴 하니까.

“많이 만들었으니까 많이 먹어.”

카레를 순서대로 주고 있는데 노아 일행의 순서가 되었다.

“유나 님의 요리가 기대돼요. 그래도 돕지 못하게 한 건 너무하세요.”

“그야, 노아도 미사도 요리는 못 하잖아.”

피나에게 도와달라고 말을 걸었을 때 노아와 미사도 돕겠다고 말했지만 이번에는 정중히 거절했다.

"그렇긴 하지만. 채소를 닦을 수는 있어요."

귀족 따님에게 채소를 닦게 할 수는 없지 않은가.

게다가 물을 담은 통에 바람 마법을 쓰면 쉽게 닦인다는 숨겨진 기술도 있다.

"그러고 보니 시아는 요리는 할 줄 아나?"

"가끔 스릴리나랑 같이 만들기도 해서 잘한다고는 못하지만, 할 수는 있어요."

귀족이라서 전혀 안 할 거라 생각했다.

"미사는 안 할 것 같아."

"너무 하세요. 간단한 요리 정도는 할 수 있어요."

미사가 볼을 부풀리며 부정했다.

이 세계의 아가씨들은 요리도 하는구나.

"일단 매운 요리이고, 맵기가 세 종류 있는데 어떤 걸로 할래?"

"가장 맵지 않은 걸로 부탁드릴게요."

"저도요."

노아와 미사가 순한맛을 고른다.

"그럼 나는 두 번째로 매운 걸로 할까."

"언니, 조금만 먹어봐도 돼요?"

"그러면 노아의 그릇에 약간만 얹어줄까?"

"괜찮아요?"

나는 노아의 그릇에 순한맛을 담은 뒤 약간 매운맛도 조금만 추가했다. 그리고 노아와 아이들 뒤에 서 있던 마리나와 엘은 약간 매운맛을 골랐다. 원래는 내 (가슴의) 적인 엘에게는 가장 매운맛을 주고 싶었지만, 눈앞에서 맵기를 정했기 때문에 가장 매운맛을 줄 수는 없었다.

다음으로 찾아온 건 루리나 씨와 길이다.
"유나의 새로운 요리라, 조금 기대되네."
"루리나 씨는 매운 거 괜찮아요?"
"물론이지, 매운 거 무척 좋아해."
"그러면 매운 걸로 드릴게요."
나는 가장 매운 카레를 밥 위에 얹었다. 매운맛 제1호다.
"길도 매운맛이 좋아?"
"안 매운 걸로."
"……."
가장 매운 카레를 주려던 나의 손이 멈췄다.
"길은 덩치가 이렇게 크지만 매운 건 못 먹거든."
예상 밖의 말이 루리나 씨의 입에서 나왔다.
"덩치의 크기는 상관없어."
길은 덩치의 크기와 매운 것을 잘 먹는 건 상관이 없다며 부정했다.

뭐, 확실히 관련은 없지. 안즈는 매운 것도 잘 먹으니까. 게다가 루리나 씨도 괜찮은 모양이다. 성격도 상관없네.

우선, 길에게는 순한맛 카레를 얹어준다.

그다음의 모린 씨와 카린 씨, 네린은 중간맛을 골랐다.

“저는 매운 건 잘 못 먹어서…….”

세노 씨와 니프 씨는 순한맛, 포르네 씨와 베틀 씨는 중간맛.

원장 선생님과 리즈 씨에게는 순한맛.

“겐츠 씨는 매운맛이면 되죠?”

“나도 안 매운 게 좋아.”

겐츠 씨마저 어린이용 카레를 골랐다.

티루미나 씨, 피나, 슈리도 순한맛을 고른다. 뭐, 두 사람은 어쩔 수 없다. 그렇지만 예상보다 매운맛 카레에 도전하는 사람이 적다. 이러면 매운맛이 남을 거다.

우유를 넣으면 매운맛이 줄어들까?

그리고 일제히 밥을 먹기 시작했다.

들려오는 소리는 모두 「맛있다」라는 말이었다. 더 달라는 아이도 있다. 빵에 찍어 먹어도 맛있어서 곰 박스에서 빵도 꺼내줬다.

그리고 어디에서 왔는지는 모르지만 카레의 냄새에 이끌려 온 걸까…… 클리프와 그란 할아버지, 밀레느 씨가 찾아왔다.

매운맛 카레의 재고를 줄이기 위해 클리프와 밀레느 씨에게는 조용히 매운맛 카레를 건네줬는데 두 사람 모두 맛있게 먹어서 조금 분했다. 먹을 수 없을 정도로 매운 것은 아니지만 괴로워하는 리액션을 원했다.

참고로 그란 할아버지에게는 순한맛을 건넸다. 연배가 있으신 분은 조심해야 한다.

그리고 그란 할아버지와 클리프의 호위인 마스리카와 이티아에게는 맵다는 것을 제대로 설명한 뒤 건네줬다.

카레라이스를 선보인 결과, 전체적으로 호평이었다.

티루미나 씨가 「가게에서 팔 거니?」라고 했지만 「안 팔 거예요」라고 말해두었다. 이 이상, 요리의 종류를 늘리면 가게가 힘들 것 같고 향신료 확보도 성가시다. 정기적으로 운반한다고 해도 운임이 비싸다.

내가 곰 이동문으로 매번 사러 가는 것은 번거롭고 카리나에게 발각되면 일이 귀찮아진다.

그래도 향신료라면 오래 보관할 수 있으니 대량으로 구매하면 되나? 분명 밀봉해서 냉장고에 보관하면 괜찮았던 것 같은데?

뭐, 지금 정해야 하는 일은 아니다.

천천히 생각해도 된다.

404 곰 씨, 여름의 풍물을 행하다 (7일 차)

카레라이스도 다 먹었고 바다에서 놀 수 있는 마지막 오후가 됐다. 그런데 아이들은 곰 빌딩의 청소를 하기 시작했다. 누가 말을 꺼냈는지는 모르지만 돌아가기 전에 다 같이 곰 빌딩을 청소하기로 했다고 한다.

나는「청소 안 해도 돼」라고 했지만, 아이들에게「유나 언니에게 고마워서 그래요」라는 말을 들으니 뭐라고 할 수 없었다. 나는 순순히 아이들의 마음을 받기로 했다.

아이들은 큰 방, 욕실, 화장실, 외부 등을 분담해서 청소했다. 그런 모습을 본 귀족인 노아와 아이들도「나도 유나 님에게는 감사하고 있어요」라고 말하며 자신들이 사용했던 방과 통로의 청소를 시작했다.

피나도 슈리와 티루미나 씨, 겐츠 씨와 청소를 하고 있다.

요리를 담당했던 조는 부엌과 식당, 1층 청소를 했다. 그런 아이들을 보고 어른들도 함께 청소에 참여했다. 루리나 씨와 엘이 물 마법으로 곰 빌딩의 외벽을 닦고 있는 걸 봤을 땐 놀랐다.

나도 청소를 도우려 했는데「유나 언니는 하지 마」,「유나 언니는 안 돼」,「우리가 할 테니까 유나 누나는 밖에 나가 있어」라고 하며 모두가 있는 곳에서 쫓겨났다.

아이들마저 일하고 있는데 자신만 가만히 있기엔 마음이 편하지 않다. 방에서 쫓겨난 나는 자신의 방으로 돌아왔다.

어쩔 수 없으니, 나는 오랜만에 꼬맹이 곰돌이와 곰순이랑 함께 침대 위에 아무렇게나 눕고 잠을 청했다.

이런저런 일로 이번 한 달은 바빴다. 사막에서 스콜피온과 싸웠던 게 옛날 일처럼 느껴진다. 하지만 불과 며칠 전의 일이란 말이지.

그리고 눈 깜짝할 사이에 여행은 마지막을 맞이하고 있었다.

7일 정도의 여행이었는데 여러 일이 있었다. 바다에서 놀고, 어부들이 찾아오기도 하고, 배에 태워주기도 했다. 무엇보다 움직이는 섬, 타르구이에는 놀랐다. 설마 그런 생물이 있을 줄은 몰랐다.

게다가 피나와 아이들을 데리고 왔을 때 와이번과 우연히 맞닥뜨리다니 진땀 뺐다. 숨겨진 방이라는 것으로 시아와 슈리를 속일 수는 있었는데 정말이지 유비무환이다.

그리고 무엇보다 정신적으로 지쳤던 점은 수영복 고르기였을지도 모른다.

그건 그렇고 예상 밖이었던 게 크리모니아로 돌아가는 것을 싫어하는 아이가 없다는 것이다. 대부분의 아이들은 빨리 돌아가고 싶어 했다.

그중에서도 꼬끼오가 걱정돼서 빨리 돌아가고 싶다는 이유가 가장 많다. 가게에서 일하는 아이들도 얼른 돌아가서 일하고 싶다고 했다. 일하지 않는 것을 불안하게 여기는 아이가 많다.

너무 길게 쉬었나?

골든 위크라고 생각하면 딱 적당한데……. 장기 휴가라는 개념이 없는 사람들에게 긴 휴식은 불안한가 보다. 모린 씨도 카린 씨도 가게로 돌아가고 싶어 하는 것 같고 안즈 일행도 시간이 생기면 데거 씨가 있는 곳에 다녀온 모양이다.

나는 요 며칠간의 일을 생각하면서 이리저리 뒹굴 거리고 있었는데 피나가 깨울 때까지 곰돌이와 곰순이랑 함께 자버리고 말았다.

그리고 곰 빌딩은 모두의 노력으로 깨끗해졌다.

그날 밤. 바다 여행의 추억이 되면 좋겠다는 생각으로 여름의 풍물을 행하기로 했다.

나는 전원을 곰 빌딩의 옥상으로 데리고 갔다. 그중에는 클리프와 그란 할아버지의 모습도 있다. 시간이 늦어서 졸고 있는 아이도 있지만 모처럼이니 집중해서 봐주면 좋겠다.

"유나 씨, 별이라도 보는 건가요?"

"그것도 좋은데, 조금 다르다고 해야 할까?"

이 세계는 공기가 맑아서 별이 무척 예쁘게 보인다. 도심에 살던 나에게는 아름다운 광경이긴 해도 이 세계에 사는 노아와 아이들에게 있어서는 평범하다. 밤하늘을 올려다보면 언제든지 볼 수 있는 광경이다. 그러니 나는 다른 것을 준비했다.

"클리프 씨 쪽도 즐겨주세요."

"뭘 할지는 모르겠지만, 이상한 짓은 하지 마."

이상한 짓이라니 뭐지? 나는 모두가 좋아하도록 노력하고 있어요.

"나는 기대하고 있을게."

밀레느 씨는 기대하고 있다.

"그렇지, 아가씨가 뭘 해줄지 이 나이를 먹어도 기대가 되는구먼."

그란 할아버지도 응원해준다.

"기대에 부응하도록 열심히 할게요. 그럼, 잠깐만 준비할 테니까 아이스크림을 먹으면서 기다리고 있으세요."

"아이스크림!"

아이들이 반응했다.

"한 사람 당 하나야. 싸우면 안 된다. 그리고 보는 방향은 바다 쪽이야. 피나, 나머지는 부탁할게."

유일하게 내가 뭘 할지 아는 피나에게 부탁했다. 그리고 계단을 사용하는 게 귀찮아서 곰 빌딩의 옥상에서 뛰어내렸다.

내 행동에 비명 소리가 들렸지만 나는 깔끔하게 착지했다.

"유나 언니, 대단해."

"멋있어."

밤인데 탄성을 질렀다.

"모두는 따라 하면 안 된다."

"못 해요~~."

"못 해~~."

"놀라게 하지 마세요."

위에서 노아와 아이들의 목소리가 들려온다. 아니, 아이들은 모든 걸 따라 하고 싶어 해서 일단은 주의를 시킨 거야. 그렇다면 뛰어내리지 말라는 소리가 나오겠지만…….

아이들에게 주의를 준 나는 바다를 향해 달리기 시작했다.

시간을 조금 거슬러 올라간다.

어젯밤, 식사를 마친 후 방으로 돌아가는 티루미나 씨와 피나를 불러 세웠다.

"오늘 밤에 피나를 빌려도 될까요?"

나는 보호자인 티루미나 씨에게 피나를 빌린다는 허락을 받았다.

"피나를? 물론 괜찮지만……."

티루미나 씨는 그렇게 말한 뒤 본인의 허락을 받지도 않고 피나를 내 쪽으로 밀어줘서 감사히 받기로 했다.

"어머니!"

피나는 티루미나 씨를 향해 소리친다. 그러자 슈리가 나를 봤다.

"언니만?"

"음, 조금 늦어질 것 같거든."

"언니만, 너무해."

슈리에게 알려줘도 되지만 그건 다음이어도 괜찮다.

"약간 늦어지기도 할 거고 졸릴 테니까. 피나랑 나의 대신은 아니지만, 같이 자줘."

나는 바닥에 있는 꼬맹이 곰순이를 안아 들고 슈리에게 건넸다.

곰순이가 있으면 쓸쓸하지 않을 거다. 슈리는 곰순이와 나를 보더니 작게 고개를 끄덕인다.

"다음에는 나도 데리고 가줘."

"응, 다음번에는 같이 가자."

그리고 옆에서 이야기를 듣고 있던 겐츠 씨가 「어째서 나한테는 묻지 않는 거야」라고 작은 목소리로 말했지만 흘려들었다. 그야, 아무리 봐도 티루미나 씨 쪽이 결정권을 갖고 있는 것으로 보이니까. 실제로 겐츠 씨의 허락을 받지 않고 피나를 얻을 수 있었다.

나는 피나를 데리고 내 방으로 향했다.

"유나 언니, 그래서 뭘 하실 거예요?"

"응, 혼자는 확인하기 어려워서 피나에게 도움을 받으려고."

나는 내 방에 있는 문을 열었다. 그곳에는 곰 이동문이 설치되어 있다.

"설마, 어딘가 가는 거예요?"

곰 이동문을 보기만 했는데 알다니 역시 피나다. 눈치가 빨라. 나는 곰 이동문을 열고 피나와 함께 문을 통과했다. 그 뒤를 꼬맹이 곰돌이가 뒤뚱뒤뚱 따라온다.

문 너머의 장소는 타르구이였다. 피나를 데리고 밖으로 나왔다.

피나가 이리저리 주위를 살핀다.

"유나 언니, 여기는 어디예요?"

피나가 불안한 목소리로 물었다. 조금 전부터 질문이 많았는데 아무것도 알려주지 않았으니 어쩔 수 없다. 주위를 봐도 나무 밖에 없어서 여기가 어딘지는 알 수 없다.

"저번에 왔던 움직이는 섬이야."

"어, 어째서, 이곳에? 마물이……, 게다가 언제 또 집이……."

"마물이라면 없으니 걱정 마. 집은 저번에 왔을 때 문을 설치해 둬서 한 번 더 왔을 때 꺼냈어."

피나가 황당한 얼굴로 나를 바라봤다.

"그런데 이 섬에서 뭘 할 건데요? 한다고 해도 어두워서 아무것도 안 보여요."

확실히 어둡다. 나는 빛 마법으로 곰 빛을 띄웠고 곰 모양의 빛이 우리를 비췄다.

"마법으로 불꽃을 만들려고 하는데 혼자서는 잘 되는지 알 수 없어서. 피나가 확인해주면 좋겠어."

"……불꽃? 불꽃이라는 게 뭐예요?"

피나는 고개를 작게 갸웃거린다.

그렇네. 갑자기 불꽃이라고 말하면 모르겠지. 뭐라고 설명을 하면 좋지?

"음…… 빛의 마법을 하늘에 날려서 꽃을 만드는 걸까?"

"하늘에 꽃이요?"

피나는 재차 고개를 갸웃거리며 생각에 잠겼다.

으~ 설명이 어렵다. 상대가 모르는 것과 본 적도 없는 걸 전달하는 건 어렵다.

나는 떨어져 있는 나뭇가지를 줍고 지면에 그림을 그려 불꽃에 관해 설명했다.

"내가 지상에서 빛의 마법을 하늘로 쏘아 올릴 거니까, 피나는 멀리서 어떻게 보이는지 알려주면 좋겠어."

지면에 피나의 역할인 사람을 그리고 떨어진 위치에 나의 역할인 사람을 그린다. 그리고 위를 향해 마법을 날리는 그림을 그렸다.

"어렴풋이 이해했어요. 유나 언니가 빛의 마법으로 그림을 그린다는 거군요."

뭐, 그렇게 되나?

나는 곰돌이를 크게 만들고 나와 피나는 곰돌이 등에 올라타 이동했다. 도착한 곳은 타르구이의 머리 부근으로 크류나 하루크의 비석이 있는 곳이다.

"그럼, 곰 폰을 꺼내 봐. 그렇지, 저쪽 하늘을 보고 있어."

나는 곰 인형 장갑으로 하늘을 가리켰다. 피나는 들은 대로 곰 폰을 꺼냈다.

"그럼, 곰돌아. 피나를 부탁할게."

"크~응."

나는 가리킨 방향으로 달려가 피나가 있는 곳에서 멀어졌다.

이 부근이면 되나?

나도 곰 폰을 꺼내 피나에게 말을 걸었다.

"피나, 들리니?"

「네, 들려요.」

"그러면 하늘을 보고 있어."

나는 하늘을 향해 빛의 마법을 날렸다.

빛의 마법이 상공에 흔들흔들 올라가서 원을 그리듯 터졌다.

"피나, 어땠어? 원으로 보였어?"

「어땠냐 하셔도, 빛은 가로로 선을 그렸어요. 이게 불꽃이란 거예요?」

옆으로?

"원이 아니라?"

「으음, 가로로 길쭉한 원으로 보일 수도 있을 것 같아요.」

그렇지. 내가 밑에서 보고 원형이면 피나가 봤을 때는 선, 혹은 가늘고 긴 원의 형태가 될 거다. 나는 바보였어. 구체로 하지 않고 고리로 만들어 버렸다. 심지어 밑에서 봤을 때 고리였다.

나는 한 번 더 빛을 쏘아 올린다.

「이번엔 제대로 원이 되었어요! 중심에서 퍼지는 느낌으로요」

곰 폰에서 피나의 목소리가 들렸다.

좋아, 여기서부터 응용 편이다.

이번에는 원을 몇 겹으로 만들거나 빙글빙글 꽃 모양을 그리는 등, 하늘에 그림을 그리는 것처럼 빛의 마법을 날렸다. 원래 불꽃은 어디서 봐도 똑같은 형태가 되지만, 피나가 보는 방향만 생각하기로 했다. 보는 곳은 곰 빌딩이니까 문제없다.

하지만 능숙하게 만들지 못해 피나에게 「이건 뭐죠?」, 「안 됐어요」, 「안 만들어졌어요」, 「안 보여요」라고 많은 퇴짜를 받았다.

그렇지만 시행착오를 겪고 나서는—.

「예뻐요」, 「보여요」, 「유나 언니 대단해요」, 「강처럼 흘러요」라며 흥분한 목소리가 곰 폰을 통해 들렸다.

응, 이제 괜찮을 것 같네. 피나의 도움을 받아서 불꽃이 완성됐다. 하지만 불을 쓰지 않는데 불꽃이라고 하니까 이상하네. 달리 부를 이름도 떠오르지 않으니 불꽃 그대로 뒀다.

아쉬운 점은 소리가 없다는 것이다. 빛의 마법을 터뜨려 봐도 소리가 나지 않았다. 화염을 섞어봤지만 효과가 없었다.

그리고 원래는 전격 마법을 사용해서 화려하게 해볼 생각도 했는데 전격 마법을 사용하는 건 그만두기로 했다.

소리를 내는 건 포기했다.

그리고 오늘, 해안가까지 다다른 나는 유사 불꽃을 하늘에 쏘아 올렸다.

「뭔가 빛났어.」

「예쁘다.」

「우와~~.」

「또 올라온다.」

곰 폰에서 아이들의 목소리가 들렸다. 피나에게 곰 폰을 들고 있어 달라고 부탁해서 곰 빌딩 옥상의 목소리를 실시간으로 전해 듣고 있다.

물론 심한 말이 들리면 끊을 작정이었는데 그런 일은 없는 모양이다.

나는 연속으로 쏘아 올리기도 하고 스스로 높게 점프해서 좌우로 빛을 날리기도 했다. 내 모습은 검은 곰이기 때문에 암흑에 녹아든 채로 마법을 날렸다.

나는 퍼지는 불꽃부터 유성 같은 불꽃을 만든 뒤, 도중부터는 불꽃이 아니라 빛 마법으로 그림을 그리는 느낌이 되었다. 그리고 아이들이 기뻐할 것 같아 곰 불꽃을 만들기로 마음먹었다. 이게 가장 어려울 거라 생각했다. 하지만 다른 동물은 어려워서 못 만들었는데 곰만은 상상하니 간단하게 만들어버렸다. 이것도 곰 하우스와 곰 마법과 똑같이 곰 능력 중 하나일지도 모른다.

만들어진 곰 얼굴이 하늘에 퍼졌다. 곰 폰에서 아이들의 기뻐하는 목소리가 들렸다.

소리가 없는 불꽃이지만 대성공으로 끝났다.

나중에 들었는데 미릴러 주민 중에도 보고 있던 사람이 있었다고 한다. 무슨 일인가 싶어 놀랐다는 것 같은데 마지막 곰 불꽃

을 보고 나라는 걸 알아서 안심했다고……. 곰을 보고 나를 연상하는 시점에서 미릴러 마을에서는 곰 = 나라는 공식이 성립된 모양이다. 부정하고 싶지만 할 수 없다는 게 슬프다.

405 곰 씨, 크리모니아로 돌아오다 (8일 차)

다음 날 아침, 우리가 크리모니아로 돌아갈 준비를 하고 있는데 여러 사람이 인사를 하러 왔다.

우선은 젤레모 씨였다.

"워터 슬라이드는 잘 부탁할게요."

"그래, 확실하게 관리할 테니까 안심해. 조금 성가시긴 하겠지만 말이야."

아무래도 크리모니아에도 선전을 해서 여행객을 늘릴 계획을 세우고 있는 모양이다.

여행객이 늘어나면 터널 통행료가 많이 들어오고 숙소, 먹거리, 특산품 판매로 경제가 활발해져서 도움을 받는 사람이 늘어난다.

하지만 그만큼 바쁜 사람도 늘어나게 된다.

젤레모 씨는 「일이 늘었어」라고 한숨을 내쉬었다.

경비를 맡은 아트라 씨도 조금 싫은 얼굴을 했다는 이야기를 들었다.

아트라 씨도 찾아와 「다음엔 내가 크리모니아로 갈게」라고 말했다.

나는 하나만 말했다.

"그 차림으로는 오지 마세요."

가슴을 강조하고 노출이 많은 복장으로 오면 큰일이 날 거다.

"옷을 입으면 더운걸."

미릴러에서는 허용돼도 크리모니아에서는 안 된다.

수영복도 모래사장이면 상관없지만 마을 안에서는 안 되는 것과 같다.

"그 차림으로 오면 모르는 척을 할 거예요."

"알았어. 갈 때는 제대로 된 옷을 입고 가면 되잖아."

이것으로 안심이다.

그런 뒤, 쿠로 할아버지와 다몬 씨와 유우라 씨가 와주었다. 어부들도 배웅하러 오려고 했지만 쿠로 할아버지가 막으셨단다.

그 부분은 쿠로 할아버지께 감사하다.

하지만 쿠로 할아버지와 다몬 씨 부부도 일부러 와주지 않아도 괜찮은데…….

그래도 쿠로 할아버지는 「고마움 때문이지」라고 하셨다. 그 말에는 타르구이에 관한 감사도 들어 있는 것 같았다. 와이번이 있던 것은 나와 쿠로 할아버지만의 비밀이다.

데거 씨는 바빠서 숙소를 벗어날 수 없었기에 안즈로부터 말을 전달받았다. 「다음에는 맛있는 음식을 대접할 테니까 언제든지

오렴」이라고 하셨다고 했다.

마지막으로 동네 꼬마 아이들이 고아원 아이들을 배웅해줬다. 같이 놀면서 친해진 모양이다.

떨어진 마을에 친구가 생기는 건 좋은 일이지만 좀처럼 만날 수 없다. 적어도 내년에는 다시 데리고 오고 싶다.

작별 인사를 마친 나는 곰 버스를 꺼내 모두를 태웠다.

그곳에는 클리프와 그란 할아버지, 그리고 밀레느 씨의 모습도 있었다.

대충 일이 끝나서 같이 돌아간다고 했다.

그란 할아버지는 제외하고 클리프와 밀레느 씨는 크리모니아에서 일이 기다리고 있다고 했다.

"이게 노아가 말했던 곰 마차인가. 나는 노아랑 같이 작은 곰에 타면 되는 거지?"

"아버님, 돌아가는 건 곰순이 마차를 탈 거예요."

올 때는 곰돌이 버스를 탔기 때문에 돌아가는 건 곰순이 버스라고 했다.

클리프와 그란 할아버지는 노아와 시아와 미사를 따라갔고 시아의 뒤를 마스리카와 이티아가 따라갔다.

참고로 클리프 일행이 타고 온 마차에 함께 온 마리나 일행이 호위로 타려고 했는데 조금 문제가 생겼다.

클리프와 그란 할아버지가 노아에게 이야기를 듣고 곰 버스를 타게 되어서 크리모니아에서 타고 왔던 마차가 필요 없어졌다.

그래서 마리나 일행 중 누군가가 타고 돌아가기로 했는데 네 사람 모두 곰 버스를 타고 싶어 했다.

마스리카와 이티아가 자신들은 클리프와 그란 할아버지의 호위라고, 마리나와 엘은 미사의 호위라고 말했다. 결국에는 곰 버스에 탄 적이 없는 마스리카와 이티아 두 사람이 버스에 타고, 클리프와 그란 할아버지가 타고 온 마차는 마리나와 엘, 두 사람이 타고 돌아가기로 결정됐다.

두 사람은 슬퍼했지만 이것도 업무이다.

"나는 어디에 타면 돼?"

밀레느 씨가 물었다.

"어디든 상관없어요."

미니 버스에는 9명까지 탈 수 있다.

노아 일행이 타는 곰순이 버스에는 노아, 미사, 시아, 클리프, 그란 할아버지, 마스리카, 이티아로 7명이고, 곰돌이 버스도 안즈와 모린 씨 요리사 일행으로 7명이다. 덧붙여 말하자면 커다란 곰 버스도 한 명 정도는 더 탈 수 있다.

좋아하는 버스에 타면 된다.

"그렇구나. 그러면 새랑 가게에 관해서 이야기 나누고 싶으니까 티루미나 씨와 같은 쪽에 타볼까."

그렇게 말하더니 밀레느 씨는 티루미나 씨가 있는 곳으로 향했다.

그렇게 미릴러를 출발한 곰 버스는 몇 시간 후 크리모니아의 문 앞에 도착했다. 사원 여행은 무사히 끝났다.

곰 버스 안에서 자고 있던 아이들은 눈을 비비면서 내렸다. 쌩쌩한 아이는 꼬끼오를 보러 달려갔다. 그 뒤를 리즈 씨가 따라간다.

"유나 씨, 이번에는 고마웠어요. 아이들도 즐거웠을 거예요. 유나 씨를 만나고 아이들에게 미소가 늘었어요. 이것도 유나 씨 덕분이죠."

활기차게 뛰어가는 아이들을 기쁘게 바라보는 원장 선생님.

원장 선생님은 나에게 작게 고개를 숙인 후 작은 아이의 손을 잡고 고아원으로 돌아갔다. 그런 모습을 클리프가 보고 있었다.

"그렇지, 나의 허술한 감독 때문에 저 아이들의 미소를 지워버렸었지."

클리프는 작은 목소리로 중얼거렸다. 이 마을의 영주인 클리프에게 책임이 없다고는 말할 수 없지만 지원금을 횡령한 것은 부하였다. 그 사실을 얼른 알아차렸다면 좋았겠지만 말이다.

어느 세계든지 지도자가 올바른 사람이라고 해서 부하도 마찬가지라고는 할 수 없다. TV에서도 회사의 돈을 썼다는 등의 뉴스를 자주 봤다. 하지만 그것을 관리하는 것이 위에 서는 자의 일이다. 사람을 다루는 건 어렵다.

그렇게 생각하면 가게에서 일하는 아이들이 나쁜 짓을 했을 때는 내 책임이 되는 걸까? 뭐, 아이들이 원장 선생님과 리즈 씨에게 민폐를 끼칠 법한 일은 하지 않겠지만…….

만약 다른 사람에게 폐를 끼치게 된다면 어른이 책임을 질 수밖에 없다. 어른인 나라든가, 나라든가……. 하지만 그렇게 되지 않도록 노력해야겠다.

클리프는 아이들의 모습을 지켜보더니 그란 할아버지와 노아와 아이들을 데리고 저택으로 돌아갔다.

클리프 일행을 배웅하고 나서 니프 씨가 다가왔다.

"유나, 이번엔 고마웠어. 마을에 돌아가서 지인들을 만났더니 마음에 남아있던 응어리가 풀려서 앞으로 나아갈 수 있을 것 같아. 이것도 유나랑 원장 선생님 덕분이야."

니프 씨가 감사 인사를 했다. 지인들을 만나러 가라고 했던 건 원장 선생님이다. 나는 미릴러 마을에 데리고 가기만 했지 아무것도 하지 않았다.

니프 씨는 고개를 숙이더니 종종걸음으로 원장 선생님과 아이들을 따라갔다.

그런 니프 씨를 안즈와 미릴러 일행이 기분 좋은 얼굴로 바라보고 있었다. 혹시 미릴러에 돌아가고 싶다는 말을 꺼내지는 않겠지? 만약 꺼낸다면 막을 수 없지만…….

"그럼 우리도 내일부터 힘내서 일할까."

"가게는 내일 모레 여는데요?"

“유나 씨, 즐거웠어요. 고마웠어요.”

“유나, 고마워.”

안즈 일행은 손을 흔들며 가게 방향을 향해 걸어갔다.

모린 씨, 카린 씨, 네린 세 사람도 고맙단 말을 한 후 떠나갔고 밀레느 씨는 「돌아왔으니 일을 해야지」라는 말을 하며 돌아갔다.

그리고 루리나 씨와 길은 마스리카, 이티아와 함께 모험가 동료끼리 식사할 거라고 했다.

마지막으로 남은 건 피나, 슈리, 티루미나 씨, 겐츠 씨였다.

“그러면 우리도 가볼까.”

티루미나 씨는 슈리의 손을 잡더니 걷기 시작했다. 그 옆을 겐츠 씨가 걷는다.

이렇게 보니 정말 부모가 된 것 같다.

나도 피나와 함께 걷기 시작했다.

돌아가도 혼자니까 티루미나 씨에게 저녁 식사 초대를 받았다. 처음에는 거절했지만 피나와 슈리도 초대해서 결국에는 거절을 하지 못했다.

“유나 언니, 고마워요. 저, 유나 언니를 만난 후로 즐거운 일이 가득해요.”

피나가 나를 정면으로 바라봤다.

“어머니의 병이 낫고, 겐츠 아저씨가 아버지가 되고, 슈리도 밝아졌고, 왕도에 갔고, 바다에 가서 엄청나게 행복해요.”

"나도 피나를 만나서 다행이야. 피나를 만나고 즐거운 일만 있으니까."

"정말요?"

"정말이지."

"유나 언니, 앞으로도 잘 부탁할게요."

"나야말로, 잘 부탁할게."

"네!"

피나는 만면의 미소로 고개를 끄덕였다.

정말로 피나와 만나서 다행이다.

곰곰곰베어 15

번외편

마을 산책 노아 편

오늘은 아버님과의 약속을 지키기 위해 마을을 둘러보기로 했어요. 사실은 놀고 싶지만 영주의 딸로서 공부도 해야 한답니다. 그게 바다로 놀러가는 조건 중 하나였죠.

어제는 항구에서 배를 움직이는 방법과 어부들이 어떤 작업을 하는지를 보고, 이야기를 들으며 배를 타봤습니다.

배를 타보고 알았는데 배에서의 작업은 모험가와 똑같이 위험합니다.

바다로 나갈수록 파도가 높아지고 날씨가 나빠지면 배가 더 요동친다고 해요.

바다에 떨어지면 매우 위험합니다. 실제로 떨어져 돌아가신 분도 있다고 하네요. 그러니 어부들은 아이들에게 몇 번이고 떨어지지 않도록 주의를 시켰습니다.

그리고 배를 타면 기분이 나빠지는 사람도 있다고 해요. 저는 괜찮았는데 빵집에서 일하는 친한 아이가 기분이 좋지 않은 것 같았습니다.

오전 중에 이야기를 듣고 배도 태워주셨는데 점심 식사를 마친 후 낚시를 하고 싶으면 체험을 도와준다고 하셨습니다.

물론 저도 참가하기로 했어요.

그물로 많이 잡는 방법도 있다고 하지만 일반적인 낚싯대로 낚시를 했습니다.

낚시는 생각했던 것보다 힘들었어요. 함께 있던 마리나에게 도움을 받아 어떻게든 낚을 수 있었습니다.

정말로 어부의 일은 힘이 드네요.

감사하며 생선을 먹어야겠어요.

그렇지만 매우 좋은 경험을 했습니다.

이번 일을 확실하게 종이에 적어 아버님에게 제출해야 합니다.

그래도 항구에 관해서만 적으면 안 되니까 오늘은 미사와 언니와 함께 마을을 둘러보기로 했어요. 물론 우리만 있으면 위험하니까 호위로 마리나와 엘이 따라와 주었습니다.

"노아 언니, 어디로 가요?"

"그러게, 언니라면 어디로 갈 거예요?"

미사가 물어봐서 언니에게 답변을 돌립니다.

"으음, 모처럼 아침 일찍 왔으니까 시장은 둘러보는 편이 나을 것 같아. 시장은 그 마을의 특징을 나타낸다고도 하잖아."

"그래도 생선 정도만 있는 거 아닐까요?"

"뭐, 그럴지도 모르지만 그렇지 않을 수도 있지."

확실히 그렇긴 해요. 실제로 본 적은 없으니까요.

"그리고 아버님과 어머님께 들은 대로 사람들을 보거나 가게를 둘러보면 될 것 같아."

역시 언니는 익숙하시네요.

"그럼 시장으로 가볼까."

저희는 걸어가는 사람에게 시장이 있는 곳을 물어본 뒤 그곳으로 향했습니다.

"역시, 바다에서 잡힌 게 많은 것 같네요."

생선과 조개 등이 늘어서 있어요.

"이렇게 보니 생선이랑 조개는 종류가 다양하네요."

크리모니아에 들어오는 건 일부분일지도 모릅니다.

"그러게요. 몇 번인가 먹어봤는데 본 적 없는 생선이 많아요."

요 며칠, 생선을 먹긴 했지만 미사가 말한 대로 본 적 없는 생선이 많이 있습니다.

"역시 맛이 다를까?"

동물의 고기도 맛은 다릅니다.

그 부분을 생선을 파는 사람에게 물으니 웃으면서 알려줍니다.

먹는 방식이 다르거나 계절에 따라 맛도 달라진다고 하네요.

심오하군요.

시장에서는 상인이 사들이는 모습도 보이네요.

"상인들도 오는 모양이네."

구매한 것들을 마차에 올리고 있습니다.

“크리모니아로 운반하는 건가?”

일반적으로 생각하면 크리모니아일 가능성이 크죠.

“시린으로도 운반해주면 좋겠네요. 그렇게 된다면 항상 먹을 수 있을 텐데.”

미사가 조금 부러운 듯 말합니다.

“이번에 그런 생각을 적으면 할아버님도 고민해주시지 않을까?”

“그렇네요. 아버님만이 아니라 할아버님께도 부탁드려볼게요.”

“의견을 적을 때는 장점과 단점을 확실하게 전해야 해. 장점만으로는 표면적인 것만 봤다며 오히려 혼이 날지도 모르니까.”

“그렇군요. 어려워요.”

“그 일을 고민하는 것은 아버님과 어른들의 일이니까, 우리는 자신의 생각을 제대로 적으면 전달 될 거야.”

“네.”

그 후 우리는 어떤 게 거래되고 있는지, 어떤 사람들이 구매하러 오는지를 확인했습니다.

시장을 확인한 우리는 상점가로 이동했어요.

우리는 가게가 많은 거리로 찾아왔습니다.

옷과 잡화, 여러 가게가 있네요.

크리모니아에서 본 적 있는 것부터, 처음 보는 것 등, 지역에 따라 팔리는 건 다른 모양입니다.

즐거워서 공부에 관한 건 잊어버릴 것 같아요.

가게 앞을 구경하며 걷고 있는데 창문가에 흥미가 가는 물건이 보였어요.

"노아, 왜 그래?"

제가 걸음을 멈추자 언니가 묻습니다.

"곰 님이 있어요."

저는 창문에 장식된 곰 님을 가리켰습니다.

"정말이네요, 곰 님이에요. 파는 걸까요?"

여기는 잡화점인 걸까요.

"들어가 볼까."

마리나와 엘에게는 밖에서 기다려 달라고 하고 우리는 가게 안으로 들어가 곰 님이 나열된 선반으로 이동합니다.

"분명히 곰이네."

언니가 선반에 놓인 곰 님을 바라봅니다.

곰 님은 나무 조각으로 만든 장식물이었어요.

크기도 손바닥만한 것부터 사람의 머리 크기까지 있네요.

"귀여운 아가씨들, 어서 와요."

우리가 곰 님을 보고 있는데 가게의 여성분이 말을 건네왔습니다.

"이건 뭐죠?"

"아가씨들은 이 마을의 주민이 아닌가 보네."

"네, 그렇긴 한데."

"그러면 아가씨들에게는 필요 없는 물건이야."

"어째서죠?"

"이건 바다의 부적이거든."

"곰인데 바다의 부적인가요?"

곰은 숲 같은 곳에 있는 동물입니다. 바다에는 없어요.

곰과 바다는 관련이 없는 것 같은데요.

"곰이 이 마을을 구해줬어."

"곰에게 도움을 받았다고요?"

미사가 고개를 갸웃거립니다.

그렇지만 저는 곧바로 알아차렸죠.

"혹시 유나 님을 말씀하시는 건가요?"

"아가씨, 설마 곰 옷차림을 한 여자아이를 아니?"

"귀여운 곰 옷차림을 한 여자라면 제가 아는 분이에요."

"아가씨 일행이 크리모니아에서 왔다면 곰 아가씨를 알아도 이상하지는 않지."

"네, 친구예요."

아니면 베스트 프렌드? 하지만 언니 같은 존재?

뭐 여기서는 친구면 될 것 같네요.

"자세한 이야기는 할 수 없지만, 이 마을은 곰 아가씨에게 구원받았단다. 그래서 이렇게 곰을 닮은 부적이 안전을 기원하는 의미로 팔리고 있는 거지."

그러고 보니 유나 님이 크리모니아와 미릴러 마을을 연결하는 터널을 만들었다는 듯이 아버님께서 말씀하신 적이 있습니다.

여러 가지로 일이 커져서 아버님이 피곤했던 시기가 있었죠.

그것과 관련된 걸까요?

“그래서 곰 장식인 거예요?”

“그러니까 크리모니아에서 온 아가씨들에게는 상관없는 물건이라는 뜻이야.”

“아뇨, 그렇지는 않아요. 그 마음을 충분히 알고 있죠.”

“맞아요. 저도 곰 님이 구해줬거든요.”

“저도 구해줬고요.”

미사도 언니도 가게의 여성에게 대답했어요.

“미사도 언니도 어쩐지 치사하네요. 저만 도움을 받지 못한 느낌이 들어요.”

“가장 치사한 건 크리모니아에서 유나 씨 곁에 있는 노아잖아.”

“저도 그렇게 생각해요.”

“분명 그렇긴 하지만…….”

언니는 왕도에서, 미사는 시린에서 살고 있습니다. 유나 님과 가장 가깝게 지내고 있는 건 저죠.

“그래서 어떻게 할 거니, 살 거야?”

여성이 물어옵니다.

저는 다시 곰 장식이 놓인 선반을 둘러봤습니다.

역시라고 해야 할까요. 유나 님이 만든 귀여운 곰 장식물에는 미치지 못하지만 그건 어쩔 수 없겠죠.

하지만 부적으로는 가지고 싶은 마음입니다.

"그럼, 이쪽을 주세요."

저는 손바닥 크기의 곰 장식물을 가리켰습니다.

"고마워."

"그럼 저도 같은 걸로."

"두 사람이 사면 나도 살까."

미사와 언니도 곰 장식을 잡았습니다.

"두 사람도 사는 거예요?"

"모처럼이잖아. 유나 님을 아는 학원 친구들에게도 재미있는 여행담이 될 테니까."

"곰 님 부적은 효과가 있다는 것 같아서……."

두 사람이 곰 님 부적을 사는 장면을 보자 좋은 생각이 났습니다.

"그리고 이 세 개도 주세요."

"노아 언니, 네 개나 사세요?"

제가 추가로 세 개를 사자 미사가 놀랍니다.

"피나랑 슈리랑 셰리의 몫이야. 곰 님 팬클럽인 세 사람에게도 사줄까 싶어서."

우리는 돈을 지불하고 부적인 곰 님을 구매한 뒤 가게를 나왔습니다.

"아까 말했던 곰 님 팬클럽이라는 거, 분명 노아가 만들었지?"

"네, 곰 님을 사랑하는 모임이에요. 곰 님의 정보를 공유하죠. 그러니 이것도 그중 하나예요."

"지금 곰 님 팬클럽 회원은 몇 명이야?"

"저를 포함한 5명이요."

"아직 그것뿐이구나."

"아무나 간단하게 들어올 수 있는 건 아니에요. 곰 님 팬클럽 회장인 제 심사는 엄격하죠."

처음에는 만 명을 목표로 했었지만 인원수보다 질입니다.

"그럼 나도, 그 팬클럽에 들어갈까."

"언니도요?"

"나도 유나 씨를 좋아하고 여러 가지로 도움을 받았잖아. 게다가 정보를 공유했다고 했지? 왕도에서의 유나 씨 정보는 내가 제공할 수 있어."

저는 언니의 손을 잡았습니다.

"언니, 부디 들어와 주세요."

저는 곰 님 팬클럽 회원 번호 6번 카드를 언니에게 건넸습니다.

"6번이네."

"회장인 제가 1번이고, 부회장인 피나가 2번, 미사가 3번, 슈리가 4번이에요. 그리고 곰 님 인형을 만들어줬던 셰리가 5번이죠."

"그래서 내가 6번이구나."

"다른 번호가 좋아요?"

"6번으로 괜찮아."

이것으로 유나 님이 왕도에 가도 왕도에서의 정보가 들어올 겁니다. 만약 시린에 간다면 미사가 있으니 점점 곰 님의 고리가 넓어져 갑니다.

그렇지만 이 마을, 미릴러에서는 곰 님 팬클럽의 정보를 공유할 수 있는 사람이 없다는 게 아쉽네요.

"오늘 밤은 언니를 더해서 곰 님 팬클럽 회의를 하죠."

기대됩니다.

그리고 우리는 산책을 계속했고 점심 식사를 마친 후 유나 님과 놀기 위해 모래사장으로 향했습니다.

곰 님 팬클럽 피나 편

미릴러 마을로 여행을 온 어느 날 밤, 노아 님에게 곰 님 팬클럽 집합이라는 소리를 듣고 슈리와 함께 노아 님의 방으로 향했습니다.

"언니, 무슨 일일까?"

"잘 모르지만, 유나 언니의 이야기를 나누지 않을까?"

곰 님 팬클럽은 노아 님이 만든 겁니다. 듣자 하니 곰 님 이야기를 나누는 모임이라고 합니다. 저도 슈리도 그 회원이죠. 심지어 제가 부회장을 맡고 있습니다.

노아 님 방 앞에 도착했는데 셰리가 있었어요.

"피나랑 슈리잖아!"

셰리는 저희를 보더니 안심한 표정을 짓고 저희 쪽으로 다가옵니다.

"다행이다. 느와르 님이 부르셔서 어떡하나 생각했는데."

셰리도 곰 님 팬클럽의 일원입니다.

하지만 어쩐지 감회가 새롭네요. 저에게도 셰리와 같았던 때가 있었습니다. 처음에는 노아 님과 이야기를 나누는 것도 긴장되었었죠.

"노아 님은 착하시니까 걱정 마. 같이 방으로 들어가자."

"응."

문을 노크하자 노아 님의 목소리가 들렸고 문이 열렸습니다.

"어서 와. 기다리고 있었어."

노아 님이 저의 손을 당기며 방 안으로 데리고 갑니다. 그 뒤를 슈리와 셰리가 따라옵니다.

방 안에는 노아님 외에 미사 님과 시아 님도 있었어요.

하지만 분명히 같은 방에 있어야 할 마리나 씨와 엘 씨는 없었습니다. 어딘가 가신 걸까요?

"음료에 과자도 있으니 곰 님 팬클럽 회의를 시작해볼까요."

각자가 의자에 앉거나 침대에 걸터앉아 있습니다.

"우선은 여러분께 소개할게요. 곰 님 팬클럽 회원 번호 6번, 저의 언니세요."

"시아야. 잘 부탁해. 재미있을 것 같아서 나도 가입하게 됐어. 왕도에서의 유나 씨에 대한 정보라면 맡겨줘."

유나 언니 큰일이에요.

유나 언니의 행동이 곧바로 들통나버릴 겁니다.

"그리고 셰리에 관해서는 알고 있겠지만, 소개할게요. 회원 번호 5번인 셰리라고 해요. 셰리, 한 마디 부탁할게."

"……저기, 셰리라고 합니다. 잘 부탁드립니다."

"그것뿐이야? 셰리는 곰 인형도 만들고 수영복을 만들어 준 아이예요. 곰 인형을 만들 수 있어서 회원이 되었죠."

노아 님이 셰리를 대신하여 소개합니다.

"셰리, 다시 한 번 잘 부탁해."

"아, 네. 잘 부탁드립니다."

셰리는 긴장하면서 미사 님에게 고개를 숙입니다.

"그렇게 긴장하지 않아도 돼. 셰리는 수영복을 만들어 준 사이잖아."

"아뇨, 그게, 네."

지금 셰리의 마음을 무척 잘 압니다. 그런 말을 들어도 무리인 걸요. 저도 처음엔 그랬습니다.

"그런데 오늘은 무슨 이야기를 나누나요?"

미사 님이 노아 님에게 묻습니다.

"그렇네, 다시 정보 공유를 하자. 피나가 곰 님 마차에 관해서 알려주지 않았으니까."

"그건 며칠 전의 일이라 전달하지 못했어요."

"알고 있어. 그러니까 다시 한 번 정보를 공유하자는 이야기야."

노아 님의 말에 곰 님 팬클럽 회의가 시작됩니다.

우선 곰 님 마차를 만들기까지의 일을 이야기했습니다. 여러 마차를 탔고 허리가 아팠다고 이야기하자 노아 님은 부러워했습니다.

즐겁게 들릴지 모르겠지만 마차가 뛰었을 때는 정말로 허리가 아팠습니다.

그리고 노아 님이 미릴러 마을을 산책했던 이야기를 했습니다.

"마을을 산책하다가 이걸 발견했어."
노아 님은 봉투에서 작은 곰 장식물을 꺼냅니다.
"이건?"
어디선가 본 적이 있습니다.
"가게 사람의 말에 따르면 바다에 나갈 때의 안전을 기원하기 위해 만들어진 곰 님이라고 해."
그렇습니다.
바다의 부적이라고 해서 어머니가 웃으며 유나 언니에게 보여줬었죠.
"우리는 바다에 나갈 일은 없지만, 모두의 몫도 사 왔어."
슈리가 손을 뻗어 곰 님을 손에 듭니다.
"어머니가 가지고 왔던 거랑 같네."
슈리의 입을 막으려 했지만 타이밍이 늦었습니다.
노아 님이 즐겁게 말해서 모르는 척하려고 했는데 안 됐습니다.
"알고 있었어?"
노아 님이 조금 놀란 표정을 짓습니다.
"그게, 어머니도 사셨거든요."
저는 솔직하게 대답했습니다.
"그렇구나. 발견한 것이 내가 처음이 아닌 건 아쉽네."
"하지만 피나도 슈리도 안 갖고 있잖아."
이야기를 듣고 있던 시아 님이 묻습니다.

“네, 없어요.”

“응, 어머니가 안 줬어.”

슈리가 갖고 싶어했지만 하나만 사 왔기 때문에 슈리에게만 주는 건 불공평하다는 이유로 주시지 않았습니다. 어머니는 「집에 두자. 분명 우리 가족을 지켜줄 거야」라고 말씀하셨어요.

“노아, 두 사람이 가지고 있는게 아니라면 문제는 없지 않아?”

“그렇네요. 세 사람 모두 받아주면 좋겠어.”

노아 님이 다시 건넵니다.

저는 순순히 받아듭니다.

“노아 님, 고맙습니다.”

“노아 언니, 고마워.”

“셰리도, 자.”

“고, 고맙습니다.”

우리가 받아들자 셰리도 긴장하면서 받습니다.

“그래도 우리가 받아도 되나요? 시아 님과 미사 님의 몫은?”

저희가 받으면 두 사람의 몫이 없습니다.

“우리도 사 왔으니까 걱정 마.”

시아 님, 미사 님은 각자 주머니에서 작은 곰 장식물을 꺼냅니다.

“그러니까, 그건 너희들 몫이야.”

“부적이니까 분명 몸을 지켜줄 테니 소중히 해주세요.”

저는 다시 한 번 작은 곰 장식물을 봅니다.

왠지 곰돌이와 곰순이를 닮은 느낌이 듭니다.

“그래서 피나에게 묻고 싶은데, 유나 님은 이 마을에서 뭘 한 거야? 터널을 만든 건 알고 있는데, 마을 사람들을 구해줬다고 했었어.”

“그 터널은 유나 언니가 만드신 거예요?”

노아 님의 말에 미사 님이 놀랍니다.

“이건 곰 님 팬클럽만의 비밀이야. 일단 유나 님이 터널을 발견한 걸로 되어 있지만, 유나 님이 구멍을 팠다고 해.”

노아 님은 알고 있는 모양입니다.

영주의 따님이니 들었을지도 모르겠네요. 하지만 크라켄에 관해서는 모르는 것 같습니다. 그러나 유나 언니에게 크라켄을 무찔렀다는 사실은 입단속을 부탁받았습니다.

말한다고 해도 믿지 않을지도 모릅니다. 게다가 저도 이야기를 듣기만 한 거라 자세히는 모릅니다.

“저기, 저도 자세한 건 몰라요. 그렇지만 커다란 마물이 나타난 걸 유나 언니가 무찔렀다고 들었어요.”

크라켄에 관해서는 비밀로 하고 대답합니다.

“피나도 자세히 모르는 게 있구나. 그래도 그 정보로 이해가 되네. 유나 님은 이 마을을 공격하고 있던 마물을 토벌하고 마을에서 감사를 받는 거였어.”

네, 맞아요.

"그러니까 부적이 이 곰 장식물인 거군요."

미사 님과 시아 님도 이해를 한 모양입니다.

그런 뒤 노아 님은 시아 님에게 묻습니다.

"그러고 보니 바다로 오기 전에 유나 님은 국왕 폐하께 호출돼서 왕도로 갔었는데, 언니는 자세한 걸 모르세요?"

"나도 자세히는 몰라. 단지, 국왕 폐하의 의뢰로 데젤트 마을까지 갔다는 걸 어머님에게 들은 정도일까."

"데젤트 마을, 이요?"

노아 님이 고개를 갸웃거립니다.

아무래도 노아 님도 모르는 마을인 것 같아요.

"왕도 남쪽에 있는 마을이야. 꽤 멀어서 간단하게는 갈 수 없어."

"유나 님은 그런 곳에 다녀왔던 거네요."

저는 스콜피온을 해체했을 때의 일을 떠올립니다.

그 스콜피온은 그때 무찌른 마물이었군요.

"피나, 뭔가 아는 게 있어?"

노아 님이 저의 얼굴을 봅니다. 설마 들켰나요?

"저기, 그게……."

스콜피온에 관해서는 비밀입니다.

하지만 유나 언니가 데젤트 마을에 갔다는 건 알려졌습니다.

그렇다면 약간만 말하는 건 괜찮을까요?

"……약간, 알고 있어요. 유나 언니가 그때 스콜피온이라는 마물을 토벌했다고 해서 해체를 부탁받았어요. 제가 알고 있는 건 그 정도예요. 하지만 이 일은 비밀이라서……."

"괜찮아. 우리 곰 님 팬클럽만의 비밀이지. 아무에게도 말하지 않을 거야. 물론, 아버님께도 어머님께도 말이지."

노아 님이 약속했습니다.

"저기, 피나. 스콜피온이라는 건 어떤 마물이야?"

이야기를 듣던 미사 님이 묻습니다.

"그게 몸통은 딱딱한 껍질로 뒤덮여 있고, 손도 딱딱하고 가느다란 꼬리도 단단하고……."

으으, 설명이 어렵습니다.

저는 딱딱하다고만 말하고 있어요.

"분명, 스콜피온은……."

시아 님이 그렇게 말하더니 종이와 펜을 꺼내 종이에 그림을 그립니다.

"이런 느낌이지."

종이에는 스콜피온의 그림이 그려져 있었습니다.

"네, 그런 느낌이에요."

무척 잘 그리시네요. 유나 언니도 그림 솜씨가 좋았는데 시아 님도 대단하세요.

제 설명이 어설펐는데 도움을 받았습니다.

"무서울 것 같아."

노아 님은 스콜피온이 그려진 종이를 보고 중얼거립니다.

"실제로 위험한 마물이야. 꼬리에는 침이 있어서 찔리면 죽을 위험도 있고, 모래에 숨어 있다가 갑자기 공격을 하는 일도 있지."

"유나 언니는 그런 위험한 곳에 가셨던 거군요."

"그런 위험한 곳이라서 국왕 폐하께 부탁을 받은 걸지도 모르지."

"하지만 유나 님은 그렇게 멀리까지 갔다 크리모니아로 돌아왔는데, 곧바로 미릴러에 온 거네요."

맞습니다.

저는 그런 사실도 모르고 돌아와서 쉬고 있던 유나 언니에게 연락해서 여러 가지 부탁을 했습니다.

하지만 유나 언니는 싫은 얼굴을 안 하고 이야기를 들어줬죠.

정말로 유나 언니는 상냥한 사람입니다.

그런 후 셰리에게 슈리가 입고 있던 곰 수영복 등의 이야기를 했습니다.

즐거운 곰 님 회의는 마리나 씨와 엘 씨가 방으로 돌아올 때까지 이어졌습니다.

노아 님은 아직 이야기를 나누고 싶어 했지만 슈리도 셰리도 피곤한 것 같아서 곰 님 팬클럽 회의는 종료되었습니다.

저와 유나 언니만의 비밀이 많아서 앞으로의 일을 생각하니 힘이 들 것 같네요.

■작가 후기

쿠마나노입니다. 『곰 곰 곰 베어』 15권을 구입해 주셔서 감사드립니다.

드디어 곰은 코미컬라이즈를 포함해 20권째가 되었습니다.

1권이 발매됐던 당시를 떠올려봐도 여기까지 나올 거라고는 생각도 못 했습니다. 지금까지 응원해주신 모든 분께는 감사의 말도 부족합니다.

이번 권에서는 곰 워터 슬라이드를 만들고 아이스크림을 먹기도 하며 바다를 만끽하는 유나. 그런 유나는 움직이는 섬에 관한 이야기를 듣고 피나, 슈리, 시아를 데리고 탐험을 하게 됩니다.

움직이는 섬에는 여러 과일이 있었고, 유나는 움직이는 섬에 곰 이동문을 설치하려고 계획합니다. 하지만 그렇게 간단히 될 리가 없었고 언제나와 같이 유나에게 트러블이 들이닥칩니다.

그리고 클리프와 그란 할아버지가 미릴러 마을에 오고 여러 일이 있었지만 사원 여행을 무사히 마칠 수 있었습니다.

이것으로 사원 여행 편은 끝이 났지만 유나의 모험은 아직 계속 이어질 테니 함께 해주시면 감사드리겠습니다.

그리고 애니메이션에 관해 말씀드리자면 PV가 만들어져 성우분의 목소리가 덧붙여지는 등 제작이 진행되고 있습니다.

감독님을 중심으로 많은 분이 곰이라는 작품에 힘을 더해주고 계십니다. 그런 모든 분께는 아무리 감사를 드려도 부족합니다. 저 자신도 그중 한 사람으로서 미력하지만 힘을 더하고 있습니다.

애니메이션 제작은 한 걸음 한 걸음 나아가고 있으니 이쪽도 기대해 주시면 감사드리겠습니다.

마지막으로 출판에 애써주신 모든 분께 감사 인사를……

029 선생님께는 항상 멋진 일러스트를 그려주셔서, 그리고 여러 요구에 응해주셔서 감사드립니다.

편집자님께는 항상 폐를 끼칩니다. 그리고 『곰 곰 곰 베어』 15권을 출판하는데 관련된 많은 분들께 감사드립니다.

여기까지 책을 읽어주신 독자님들께도 감사드립니다.

그러면 16권에서 만나 뵐 수 있기를 진심으로 기다리겠습니다.

2020년 5월 좋은 날　쿠마나노

■역자 후기

안녕하세요. 벌써 곰 곰 곰 베어 15권으로 인사드립니다.

매번 은은하지만 재미있고, 평화롭지만 특색있는 스토리로 진행되는 곰 곰 곰 베어인 것 같습니다. 이번에도 귀엽고 훈훈한 내용으로 저를 즐겁게 한 15권이였는데요. 여러분은 어떠셨나요?

다음 16권에서도 흥미로운 내용이 이어진다고 하니 여러분도 계속 기대해 주시면 감사하겠습니다.

항상 고생 많으신 편집자님께 감사 인사를 드리고 독자분들과는 다음 권에서 만나뵙길 기대하며 기다리고 있겠습니다. 감사드립니다.

2021년 5월 좋은 날

역자 김보라 올림

곰 곰 곰 베어 15

초판 1쇄 발행 2021년 6월 10일

지은이_ Kumanano
일러스트_ 029
옮긴이_ 김보라

발행인_ 신현호
편집부장_ 윤영천
편집진행_ 김기준 · 김승신 · 원현선 · 권세라
편집디자인_ 양우연
관리 · 영업_ 김민원 · 조인희

펴낸곳_ (주)디앤씨미디어
등록_ 2002년 4월 25일 제20-260호
주소_ 서울시 구로구 디지털로 26길 111 JnK디지털타워 503호
전화_ 02-333-2513(대표)
팩시밀리_ 02-333-2514
이메일_ lnovelpiya@naver.com
L노벨 공식 카페_ http://cafe.naver.com/lnovel11

ISBN 979-11-278-6024-0 04830
ISBN 979-11-278-3067-0 (세트)

값 9,500원